おいしいベランダ。
8番線ホームのベンチとサイダー

竹岡葉月

富士見L文庫

レシピページ・イラスト　おかざきおか

contents

A点から四百キロメートル西へ。あなたが行く場所。そして新しいベランダ。

一章　まもり、歳末ご挨拶スペシャル。

チョコレート色の綺麗めニット。新品。定価にて購入。

千鳥格子のツイードワンピ。新品、バーゲンにて購入。

アイボリーのAラインワンピ。三年目、購入時は新品かつ定価購入。

まもりの手持ちの布陣である。

いざちゃんとした服をというとなかなか悩むもので、まもりは考えこんだあげく、千鳥格子のワンピースを手に取った。

（アイボリーのやつは評判いいけど、もう一度着て行っちゃったんだよね……）

同じ店に同じ格好で行くのは、誰も覚えていないにしても、なんとなく避けたい。乙女心の意地と根性なのである。

ツイードのワンピースは、袖のところでシフォンの切り替えがあり、モノトーンでも上品に見えるデザインだ。

あまり色数や装飾にこだわらず、シンプルに見えるぐらいの方が締まって見えると教えてくれたのは、父方の従姉の涼子である。最近はまもりもその教えを忠実に守るようにしており、メイクなどもその方向で工夫してみたら、そこまで丸顔が浮くこともなくなった。ありがとう涼子大明神である。

ポイントに葉二から貰ったネックレスとプラチナのピアスを付けて、それでようやく完成するぐらいでいい——最後にコートを着てバッグを持って、五〇三号室を出た。

はたして葉二は、準備が終わっただろうか。

まもりがお隣のインターホンを押すと、ものぐさな彼は、スピーカーで返事をする前に、ドアを直接開けた。

五〇二号室の住人、亜潟葉二である。

「早かったな。もう支度できたのか」

まもりはしげしげと、一八十センチ超えの隣人が着るワイシャツの首元や、ステンカラーコートの広い肩幅なんかを眺めるのである。

「なんだよ」

「いえ、べつに……」

人によっては冷たそうと言うかもしれない、シャープに整った顔だちはこの手の堅い格好が本当に似合うのだ。ふだんジャージ眼鏡のゆるみきった格好でうろついているぶん、よりジャケットとネクタイのありがたみが増すと言ったら言い過ぎだろうか。

「……だからなんで拝んでるんだよ」

「大明神その二……」

心底意味がわからないと、侮蔑（ぶべつ）の眼差（まなざ）しで見下ろされたが、これでもまもりの彼氏なのである。なんと今年でつきあって三年目だった。我ながらよく続いていると思う。

「ともかく、俺ももう出られるぞ」

「了解ですよ。なら行きましょう」

まもりは葉二のコートの腕に、自然と自分の手を添えた。

十一月も下旬に入り、季節は晩秋というより冬の足音が聞こえてくるようになった。

この先も二人がつきあい続けていくために、やらねばならないことがいくつか迫っていた。

午後六時前の六本木（ろっぽんぎ）園芸（えんげい）本店は、閉店間際でほとんど人がいなかった。

屋外販売コーナーのガーデンランプが、日も落ちて静まりかえった広い売り場を照らしている。

まもりたちは、敷地を歩いて店長の六本木志織を探した。

店の中まで見て回ったあげく、やはり志織は表にいた。柑橘の苗木の陰に膝をつき、筋骨隆々のたくましい体を丸め、枝の枯れ葉を除いてお手入れの最中のようだ。

葉二が志織を呼ぶと、まず彼の首に巻きつく白猫が頭を持ち上げ、けだるそうに「にゃあん」と鳴いた。

続いて当人が目を丸くする。

「……あらあ、亜潟ちゃんにまもりちゃん？　どうしたの、そろそろお店閉めるわよ」

「すみません。今日は隣の薫さんのところで、食事する予定なんです。まもりの誕生日なんで」

併設のカフェレストランは、ディナータイムもあるので、夜も開いているのである。

「うっそー、やあだ。そういうのは早く言ってよおめでとう。んもう、二人ともおめかししちゃって、あたしまでときめいちゃうじゃないの」

志織は頬をおさえて身をよじった。そんな志織に、葉二は続けた。

「それで、志織さんにもご挨拶をしておきたくて」

「え？」

「今年いっぱいで、俺は東京を離れます」

その一言を聞いた志織が、真顔になった気がした。

一方、葉二はここまでずっと真顔で、背筋をのばしたままだ。

「神戸に、行きます。あっちで仲間と、デザイン事務所を作るんです」

植物のことを何も知らなかった社畜時代の葉二に、一から育て方を教えたのは志織だったという。

店主と客という関係以上に、この二人は園芸を通じた師匠と弟子というつながりもあったのだと思う。まもりもそのおこぼれに与かって、色々教えてもらってきたのだ。

口の悪い葉二が、こと志織に関しては、一貫して尊敬の念を隠さなかったのを、まもりは知っている。

「そう……決めたのね亜潟ちゃん」

「はい。志織さんには、本当にお世話になりました」

「寂しくなるわね……まもりちゃんもだろうけど。このまま遠距離になるの？」

「そうです。だから婚約しました」

葉二が、横に立つまもりの肩に手を置いた。

「こいつの卒業待って、向こうで結婚するつもりです」

「就活とか、これからがんばらないといけないんですけどね」

まもりも笑って付け足した。実際にやるのは自分で、もはやなるようになれと思う。

志織は夜だというのに、まぶしそうに目を細めて、その場に立ち上がった。そしてなぜか葉二の頭を、右手でぽんぽんと叩きはじめた。

どうも、もう少し屈みなさいと言いたいらしい。

「そうそう、それぐらい」

言われた通り、葉二が軽く体を曲げてまもりに近い高さになると、志織は葉二とまもりを、両手でいっぺんに抱きしめた。

猫のバイオレットの毛が、頬にあたって温かくてくすぐったい。

「おめでとう。絶対幸せになるわよ」

その声がかすかに湿っているのは、決して勘違いではないと思う。

「決定ですか」

「そうよ亜潟ちゃん。これは決定なの」

一緒に抱きしめられている葉二が、困惑気味に苦笑している。まもりはもう、志織の気持ちに引きずられて泣きそうになってしまって、これから隣でご飯だというのに、困ったものだった。

そのまま予約していたカフェレストラン、『AGRI』に移動した。

洋館風の瀟洒な外観に溶け込む看板は、葉二が立ち上げ時にデザインしたものだ。志織の弟、薫がシェフを務めている。

店に入って席につくと、その薫が直々に顔を出してくれた。

「いらっしゃい、お二人さん」

「今日は北斗の奴はいないですよね」

「安心してください。ホールにも厨房にも、入っていません」

真っ先に甥っ子がいないか確認する葉二に、薫は苦笑して答えた。

筋肉と植物をこよなく愛する志織と違い、薫の外見は癒やし系のタヌキだ。しかし作る料理は本格派で、まもりはお茶や食事に来るたび、感嘆の声をあげていた。

「またネタに使われちゃ、たまらないですからね」

「どうぞゆっくりしていってください。腕によりをかけましたから」

そして薫の宣言通り、前菜からはじまるコース料理は見事の一言だった。

食べられる花、エディブルフラワーをふんだんに使った彩り豊かなサラダに、秋の味覚、秋刀魚のキッシュ。口当たりなめらかな栗のポタージュ。パンはもちろん焼きたてのふかふかで、カサゴのソテーとイチジクのソースがかかった鴨肉のローストをいただいた時には、ナイフとフォークを握って震える自分がいた。

デザートの皿が来るのを待つ間、葉二がしみじみした声で言った。

「おまえって、本当にうまそうにもの食うよな……」

「なんですかそれ。だって本当においしいじゃないですか」

一杯だけだぞと念を押されて飲んだスパークリングワインも含めて、ここまで本気のプロのお味が堪能できる機会は、なかなかないのである。繊細かつ手の込んだ創作フレンチは、家庭料理とはまた別腹で、しっかり味わっておくにかぎるだろう。葉二は違うというのか。

「それが顔に出るか出ないかは、個性の問題ってことだろ。ほれ、これ注文してたやつ。店行って引き取ってきたぞ」

葉二はそう言って、ジャケットの内ポケットから、ビロード貼りのリングケースを取り出した。

見覚えのある形状に、まもりは少し息をのんだ。

「おお、ついに来ましたか……」

「つけてみろよ。合ってなかったらことだから」

　まもりは貰ったケースの蓋(ふた)を、おそるおそる開けた。

　中には、プラチナを軽くひねったデザインのリングが入っている。中央のダイヤモンドが、なんともまぶしい。

　いわゆる婚約指輪というやつである。

　今月の頭に二人でジュエリーショップに行き、誕生日にくれるというリングを、一緒に探した。

　その手の専門店に足を踏み入れるのも初めてな上に、男の人を同伴してというのも初の体験だったが、葉二がよくアクセサリーをくれるブランドが婚約指輪も取り扱っていたので、悩んだ末にそこに決めた。手持ちのものとも相性が良さそうだし、葉二のセンスは意外と侮れないと思うのだ。

　デザインも、もちろん店頭で取っ替え引っ替え試着をし、じゅうぶん吟味して決めたつもりだ。だからできあがりの品がどんなものかは、ほぼ予想がついていた。

　それでも内側に葉二とまもりのイニシャルが刻印されて、まもり用としてできあがってきたのを見ると、なんとも胸に迫るものがあった。

　自分ではめようと、リングに指先を通したところで、まもりは笑った。

「へへへ。どうせだから葉二さん、つけてくださいよ」

「なんだよ、子供じゃねえんだから甘えるなよ」

子供じゃないから甘えたいのだ。

葉二は文句をたれながらも、ちゃんとまもりの手を取って、指輪を左手の薬指にはめてくれた。

「ほら、どうだ」

「嬉しい」

正直に言った。

きらきら輝く、約束の指輪だ。今の自分には、少々立派すぎて気後れしてしまうけれど、それでもやっぱり嬉しかった。

これが二十一歳の誕生日記念で、葉二と出会ってからのお祝いは、いつも印象的でびっくりすることばかりな気がする。

がんばっても笑みを隠しきれないまもりに、葉二は照れ隠しなのか、顔をしかめてそっぽを向いた。

「俺はきつくないかとか、そういうことを聞いたつもりなんだけどな……」

「いやー、でも、葉二さんからこれ貰って、わたしがお返しにキノコ贈るって、どう考えても釣り合い取れないと思うんですけど」

「いいんだよ別に。俺が今欲しいもの貰って何が悪い」

そういう問題なのだろうか。

キノコというのは文字通りの意味で、まもりと一日違いの誕生日に何が欲しいかと聞いたら、葉二が『去年と同じの』と言い張ったのだ。しかも何度確認しても答えは変わらず、これは本気だと根負けしたまもりは、本当にネット通販でキノコの栽培キットをポチってしまった。

せめてかぶらないようにと、去年あげた椎茸（しいたけ）ではなく、『なめこ』と『エノキダケ』のセットにしてみたが、大した意味はないかもしれない。届いた箱は今、まもりの部屋の片隅に置いてある。

「どうせあと一ヶ月で引っ越すじゃねえか。だったら、その間に収穫から片付けまでできた方がいいだろ」

「そ、そういう考え方もありますかね……」

「今は物を増やしたくないんだよ。服も時計も食えねえしな」

葉二の場合、年下で学生のまもりに負担をかけないようにと、配慮をしている部分ももちろんあるのだろうが、それより本気で今はキノコだと思っているふしがあった。

神戸行きを前にして、そこまで限界チキンレースに挑みたいのだろうか、このベランダ菜園オタクさんは。

「……本当はきくらげが高級感あっていいと思ったんですけど、あれ夏に栽培するものらしくて」

「そうかよ。じゃあ半年後だな」、

「今回はなめことエノキです」

「おう。相手に不足なしだ」

つくづく変な人を好きになってしまったものだと、まもりは思う。

「わかりました。家戻ったら差し上げます……」

「それよりまもり。みつこさんたちは、婚約の件なんて言ってるんだ？　そろそろ挨拶しに行かないとまずいだろ」

「あ、それは」

「——安納芋のムースと、洋なしのソルベでございます」

テーブルにデザートの皿がやってきて、会話は一時中断となった。

ウェイターの青年が去り、お皿の上の芸術品に目を奪われながらも、まもりは考えた。

結婚する、なによりまもりが東京を離れて関西で就職するという事実を、この菜園オタクさんはけっこう重く考えているようで、自分が神戸に行く前に話を通しておきたいと、常々言っているのである。

「どうなんだよ」

「……うーん、この間一応、実家に顔出して簡単に話してきたんですよね」

「それで？」

「さすがにびっくりしてましたけど、怒ったりはしてませんでしたし、手応えは悪くないんじゃないでしょうか……あ、シャーベットおいしい」

しゃりしゃりの甘いソルベは、舌の上でやわらかく溶けて、洋なしのさわやかな風味が口直しにぴったりだ。

「ムースも……うん、すっごいまろやかだあ。この上にかかってる甘いのは何……もしかして甘酒？　甘酒のソース？　ねえ葉二さんどう思います？」

「まったくおまえが当てにならねえことはよくわかったわ」

「なんですかそれー」

露骨に眉間をおさえてため息をつかれ、まもりは抗議した。

「会うなら今度の土曜あたりどうだって、言ってました」

「だからそれを早く言えって」

大事な話というのは、おいしすぎるご飯と一緒にするものではないのかもしれない。まもりは一つ学んだ気がした。

そのまま予定通りコース料理を堪能し、まもりたちは満足して店を出た。

駐車場を突っ切り、敷地の外へ出ようとしたら、横合いの暗がりから花束らしきものが突き出された。

（わっ）

大ぶりの百合とカラーをふんだんに使った、真っ白いブーケの向こうにいたのは――。

「いえーい、叔父さんまもりちゃん、コングラチュレーション！」

「げ、北斗」

葉二が頬を引きつらせる。

「うちからお祝いよー。さっき大急ぎで、北斗ちゃんにも連絡入れたんだから」

「自転車こぎ余裕っすよ！」

屈託のない笑顔で説明をする、六本木園芸の店主がいるかと思えば、同じく屈託なく親指を立てる、バイトの亜潟北斗もそろっているのである。

葉二が、それはもうがっくりと肩を落とした。

「……確かに、薫さんしか口止めしてなかったな……」

「もう、いいじゃないですか葉二さん。お花すごい綺麗ですよ」

まもりは、お祝いで受け取った花束に、顔を近づけた。夜のせいか、百合の匂いがより濃く感じられた。

「そっかー、そっかそっかー。まもりちゃん叔父さんと結婚すんのかー。引っ越しちゃうのはつまんねえけど、親戚になんのはいいな。向こう行ったら絶対遊びに行くよ」

「北斗君ったら……まだだいぶ先の話だよ」

「俺の義理の叔母さんになるんだなー」

オバサン——。

まもりは、ただ黙って北斗を見つめた。それだけのはずなのに、なぜか北斗が怯えて一歩退いた。

「……え、あれ、俺、なんか変なこと言った？　だって叔父さんと結婚したら、それは普通に叔母さんじゃ——いやわかったわかったもう言わない！　まもりちゃんはまもりちゃんだ！」

「葉二さん。わたし初めて結婚したくないって思ったかも……」

「おい北斗、おまえちょっと歯を食いしばれや」

「なんでそうなんの！　ねえ！」

ただの同音異義語だと言われても、響きが納得できないのだ。北斗はまもりと四つしか離れておらず、弟のユウキと同い年なのだ。

葉二がコートの袖をまくりだし、北斗の悲鳴が六本木園芸の駐車場にこだました。

これもまた、二十一歳の誕生日のお話なのである。

＊＊＊

ともあれ。ぼやいていても始まらないので、土曜日には気持ちを切り替えて、川崎の実家に葉二と二人で帰った。

今度はチョコレート色のキレイめニットに、フレアのスカートを合わせて、京急の大師線に揺られてみる。

「眼鏡……」

「ん？」

車内の中吊りには、品川や川崎エリアのクリスマスバーゲンの広告と一緒に、川崎大師の初詣の情報も出ていた。なんとはなしにその文字の並びを見ていると、隣でつり革をつかむ葉二の横顔が目に入った。

「今日は眼鏡、かけたままなんですね。コンタクトにするの、忘れちゃったんですか？」

それこそ誕生日の時と同じ、ジャケット姿のよそ行きの格好ではあるが、黒縁眼鏡が忘れ物のように、高い鼻梁に載っていた。

葉二は「これか」と呟き、指でブリッジを押し上げる。

「なんというか……できるだけ正直に行こうと思ってな」

「正直が眼鏡なんですか」

「わかりやすいアイコンみたいなもんだ」

まもりにはよく理解できなかったが、それで気分が違うというなら、外面大王としては有効なのかもしれない。

「そういえば葉二さん、覚えてます？　ずっと前に葉二さんと、この電車乗った時のこと。『結婚の挨拶みたいだー』ってわたしが言ったの」

「ああ、あったなそういや。あれも冬だったか」

まだつきあいはじめたばかりの頃だ。交際がばれて叱られて、葉二と一緒に事情を説明しに行ったのだ。十二月も末の末、大晦日の赤い電車に乗って。

まもりは、ことの顛末を思い出して笑ってしまう。

「あの時は、完全に人ごとの冗談のつもりで言ったんですけどね。まさか本当になるとは思いませんでしたよ」

「そうかよ。んじゃ意識したのは俺だけだったか」

かたんかたんと、車両は揺れて走り続ける。

まもりは、しばらく間をおいてから、葉二をまじまじと見返してしまった。

つり革の彼はこちらを見下ろし、表情一つ変えず平然としているので、まもりの方が耐えきれず恥ずかしくなってしまった。顔を赤くしてうつむいた。

「……それはその、ごめんなさい。ありがとう……」

「ほれ、ついたぞ。大師駅だ」

葉二は相変わらず、平常運転のままである。

ちょうど列車が止まり、ドアが開くと、そこはまもりの実家の最寄り駅なのであった。

そして自宅マンションにたどりつき、父上と母上を前にして正座するわけである。

現在、居間のこたつには関係者四人が席についており、弟のユウキは外出中——例の女子高生さんとデートらしいが、当人は頑なに『そういうのじゃない』と否定しているという。そして葉二が両親に、ことの次第を説明しているところである。

「……そういうわけで、俺の仕事のせいで彼女の進路まで曲げることになってしまったのは、本当に申し訳ないと思ってます。そのぶん大事にするつもりですし、絶対幸せにしますので」

できるだけ正直に行くと葉二は言っていたが、こういう状況で毒舌や冗談が飛び出るわけもなく、まもりには猫かぶりの時と違いがよくわからなかった。

前より硬いぐらいのしゃべり方が、今の葉二の真剣なのだとしたら、まもりも呑気にしているわけにはいかなかった。

「わたしがね、ついて行くって決めたの。これから就活ちゃんとやるから」

「どうかお願いします」

そして、一連の話を聞いた両親の反応は——。

「気持ちはわかるがね……いくらなんでも早すぎやしないか」

父の勝が、特に苦い顔つきで言った。

葉二が、黙ってまもりを横目で見た。『てめえ、感触は悪くないんじゃなかったのかよ』と、その端整な顔に書いてあった。まもりも『いま初めて知ったところですよ』と、大福顔に書いて対抗した。そう、初耳なのは一緒である。

前に晩酌中の父に向かって話した時は、そりゃ大変だと驚いてはいたが、反対などとは一言も言っていなかったのである。

「亜潟君の起業だって、これからどうなるかわからないんだろう。あと二、三年は東京と神戸で様子を見て、それから一緒になるか考えても遅くはないんじゃないか?」

それがなんだ、この手のひらの返しっぷりは。

「あのね、お父さん。わたしそんな様子見なんかで、何年も時間使うつもりないからね」

「いやいやまもり。父さんは、まもりのためを思って言っているんだぞ。こういう大事なことを、焦って決めることはないだろう。もっとゆっくり時間をかけて」

「充分話し合ったよ。これ以上ゆっくりしてなんになるの」

「急いては事をし損じるだぞ」

「ただ先延ばしにしたいだけじゃない。今さら嫌がるなんて意味わかんないよ」

「嫌とは言ってないだろう」

「でも賛成もしないんでしょ」

「そうですよ、お父さん。少しはまもりの身にもなってくださいな」

——え?

勝に続いて、母のみつこにも責められると思っていたが、よくよく聞いて驚いてしまった。

勝も困惑しているようだ。

（お、お母さん……？）

「……いや、そんなこと言ってもな、母さん……」

「考えてもみてくださいよ。どちらにしたってどこで就職するかは、今決めないといけないんですよ。年明けには本格的に就活なんですから」

「それはそうだが」

「たとえばお父さんの言うように、様子見のために東京で就職して、それで二、三年腰掛けで仕事してから、けっきょく辞めて亜潟さんのところに行かせるんですか？　そんなことに貴重な新卒切符を使わせるなんて、バカらしいじゃないですか」

「じゃあ就職だけ関西にして……」

「それで別れたら、もっと目も当てられませんよ」

みつこは一刀両断、にべもなかった。

「こういうのは結論が決まっているなら、引き延ばしても意味はないんですよ。ずるずるだらだら同棲するようなことになるのも、だらしないのでお母さんは反対です。だったらしっかり入籍して、責任もって亜潟さんと一緒に暮らしてもらった方がましです。ねえ亜潟さん？」

葉二は急に名前を呼ばれ、「はい」と背筋をのばした。

「うちの子と別れる気も、起業を辞める気もないんでしょう？」

「どちらもありません」

みつこの静かな気迫のようなものに押され気味ではあったが、葉二もまた即答であった。

「神戸じゃ遠いんですから、泣いて実家に帰るような目には、遭わせないでくださいね。いつかの時みたいに」

「……二度とないようにします」

「もちろん甘やかしもしないで」

「おっしゃる通りです」

「ほらね、お父さん。他にいい方法があるなら教えてくださいよ」

「う、ううむ……」

みつこに理路整然と言われ、勝も反論に窮してしまったようだった。

最終的には渋々ながらも、なんとか結婚してもＯＫの言質が取れたのである。ほっと一息、なのかもしれない。

両親には夕飯を食べて帰れと言われたが、そこまでの気力はなかったので、遅くなる前に練馬へ帰った。

マンションの五階にたどりつくと、あと一歩なのにどっと疲れてしまった。

「……はあ。なんか一気にくたびれた感が」

「とりあえず、着替えたらこっち来いや。飯食っちまおう」

「わかりましたー……」

葉二が自分の部屋の前で、手持ちのビニール袋を持ち上げた。二人そろってあまりに疲れ果てたので、帰り道のスーパーで、いろいろお総菜を買いこんできたのだ。

まもりは自分の陣地でよそ行きの服を脱ぎ、楽な部屋着に着替えてから、言われた通りお隣に顔を出した。

葉二のところのリビングルームには、すでに荷造り用の段ボール箱が積まれはじめていた。

この間まもりが贈った、エノキとなめこの栽培キットも設置してあった。

（なんか祭壇みたい……）

椎茸の時と違い、どちらも菌床ブロックの上部を掘って赤玉土と水を注ぎ、ビニール袋の中で生長を待っている状態だ。なんとなく、土着の宗教の祭壇に見えなくもなく。いつキノコ以外のご神体が生えてきても、おかしくはないビジュアルだ。

ちょうどこの時期のスーパーで売っている、新年用の榊としめ縄で飾れば、よりそれらしくなるだろうか。洒落にならなくなるとも言うが。

（……けっきょく、何のおかず買ったんだっけ？）

まもりは気分を変えて、本日のご飯を確かめることにした。

ダイニングテーブルの上に、買ったお総菜のパックが置いてあった。

葉二が選んだ鯵フライに、まもりが選んだ海老フライ。さらに二人で食べる用の、鶏の天ぷら。半額シールが貼ってあるものから選んだとはいえ、少し揚げ物に片寄りすぎかもしれない。

「あとは……千切りキャベツ一パックか」

これにチンしたご飯。わかってはいるが、お惣菜ばかりで少し寂しい。

やがて葉二もゆるいジャージに戻って、寝室から出てきた。

「そんじゃ、そのへんのを適当に温めるか。俺は味噌汁でも作るわ」

「あ、いいですね」

まもりは喜んだ。こういう時、温かい汁物があるとないとでは、大違いである。

「ベランダでルッコラむしってきてくれるか？　あとディルちょっと」

「ええ、味噌汁なんですよね？」

「いいからいいから。昨日小松菜食っちまっただろ」

投げやりに言われてもだ。

確かに昨日の味噌汁の具は、プランターの小松菜に、こんがり焼いた油揚げという黄金パターンだった。しかしだからと言って、そう極端に流れていいのだろうか。

(代わりに何がいけるかって言われても、よくわからないんだけどさ)

まもりも収穫三点セットを準備して、表のベランダへ出る。こちらの鉢の数は、以前に比べてずいぶんと減っていた。一ヶ月後の引っ越しに備えて、使い切った端から処分しているのである。

今は寒冷紗(かんれいしゃ)で覆いをかけたルッコラのプランターに、寒さに強いローズマリーやディルなどのハーブ類が、少しあるぐらいだ。

とりあえず言われた通りルッコラの寒冷紗を外し、中でにょきにょきと伸びる緑の茎を、数本ハサミで収穫した。

ごまに似た風味と、独特の苦みが特徴の西洋野菜だが、果たして味噌汁に合うのだろうか。

続けてディルのやわらかい葉先を選んで、手でちぎり取る。こちらの見た目は金魚の水草、しかし切り口を少し嗅ぐだけで、しゃっきり目が覚めるほど強い香りのハーブだ。

──まあ、いいか。これで作ると言ったのは向こうだ。彼になんとかしてもらおう。

ヘッドライトのスイッチを切って、暖かい部屋の中へ戻った。

「終わりましたよ──って、何やってるんですか」

まもりがキッチンを覗くと、その葉二はトースターでお総菜のフライを温める一方、まな板の上でゆで卵を刻んでいた。

「冷蔵庫に、朝飯の残りがあったんでな」

「み、味噌汁にいれるんですか？」

「いや、これは違う。タルタルソースを作ってる」

「タルタル」

「そう。俺は鯵フライには、タルタルソース派なんだよ。ゆで卵を刻んだら、次は玉ネギを刻んで入れるわけだ」

使いかけの玉ネギもみじん切りにして、一緒にボウルに入れた。

「本当ならキュウリのピクルスも入れるんだが、ないからこいつで行くぞ」

「え」

　まもりはつい、声に出してしまった。彼がまな板に置いて刻みだしたのは、真っ赤なカレーの福神漬けだったのだ。

「あの……葉二さん。それはいくらなんでも」

「うるせえな。ピクルスってのは、ようするに野菜の酢漬けだぞ。この福神漬けだってキュウリは入ってるし、漬け汁に酢が入ってる。ほぼ一緒だ」

「赤いですよー」

　そこを無視するのはどうかと。

「いいから文句言わずに、摘んできたディルをよこせ」

「あ」

　まるでカツアゲか追いはぎのように、まもりのキッチンザルからディルの葉を奪い取り、それも細かく刻んでボウルに入れてしまった。

　どうやらディルは、味噌汁ではなくこちらのソース用に必要だったようだ。

「あとはマヨネーズとレモン汁を入れて、砂糖と塩で味を調えるんだが……福神漬けが甘いから、塩だけにするか。うん、こんなもんか」

　スプーンで練り混ぜて出来上がったタルタルソースは、卵とマヨネーズの間で赤い結晶がキラキラしているが、ルビーではなく福神漬けである。しかも刻んだディルが全面に散っているので、赤・黄・緑と大変にカラフルだ。

「わ、わお……クリスマスカラーのソースだ……」

「そんで、タルタルソースに使ってもまだ余った玉ネギと、ゆで卵と一緒に冷蔵庫に入ってたホールコーンと、おまえがベランダから収穫してきたルッコラを、適当に切って味噌汁に入れちまうわけだ」

葉二は出汁に味噌を溶いて湯気がたつ小鍋に、宣言通りの具材を入れていった。

同時にチーンと、トースターのタイマーが切れる音がした。フライの温めが終わったようだ。

「まもり、レンジに飯が入ってるから、フライと一緒に出してくれ」

「はあい……」

「千切りキャベツも忘れんなよ」

葉二は味噌汁の味をみて、まだ薄いと思ったのか、再び冷蔵庫から味噌を取り出して小鍋に追加していた。

まもりは言われた通り、夕食の支度を進めたのだった。

かくして食卓には、オーブントースターで温め直した揚げ物に、カット済みキャベツ、ルッコラの味噌汁とチンしたご飯がのっている。

あと忘れてはいけない、異様にカラフルな手作りタルタルソースが入った小鉢もある。

「ちょっとでも作ったものがあると、和みますよね」

「まあな。八割は総菜と冷食だけどな。おまえどうする、フライにタルタルソース使うか？　それともソースでいいか？」

「……お試しで貰ってもいいですか」

せっかくあるのにスルーするのももったいない気がして、葉二が自分の鯵フライにたっぷりかけたところで、残りの小鉢を受け取った。

温め直しで尻尾がちょっと焦げた海老フライに、スプーン一杯ほどつけてみる。

衣はさくっと熱々、そこにマヨネーズベースのソースと、海老の旨みの合わせ技が――。

「うん、ちゃんとタルタルソースになってるじゃねえか」

「ほんとだ……もうちょっと貰ってもいいですか」

「おまえな、そうやって結局食うんだから文句たれるなよ」

「だってこんな真っ当な味になるなんて、思いませんですよ」

何せ朝ご飯の残りのゆで卵に、福神漬けだったのだ。

しかし玉ネギと一緒に刻んでマヨネーズでまとめられてしまうと、カレーのお供の味はほとんどしなかった。しかも歯ごたえは漬け物の特徴を残してぽりぽりと小気味よく、ハーブのディルがしっかりと利いているので、市販のものより本格的かもしれない。

そしてお味噌汁は、ルッコラ特有の苦みを玉ネギとコーンの甘さが緩和してくれて、お子様も喜ぶ優しい味に仕上がっている。

「あー、ルッコラがしゃきしゃきでいい感じ……」

「今日は揚げ物だからやめたけど、気持ちバター足してもうまい」

「それ絶対おいしいやつですよ、味噌バターコーン」

サラダもいいが、スープもいけるとは。やるなルッコラ。

葉二は缶ビールも開け、晩酌がてら自家製タルタルソース添えの鰺フライをかじっている。

「まあ、とりあえず今日は一日、お疲れ様ですね。一歩前進」

「ほんとにな。OK貰えて良かったわ」

「正直、うちの母があそこで反対に回らなかったのが、ちょっと意外だったというか……」

てっきり父よりも先頭に立って、くどくど責められるかと思っていたのだ。

「は。何を言ってるんだよまもり。ああいう人ほど見るとこ見てて、最後は味方になってくれるんだよ。俺の見立ては間違ってなかった」

「……葉二さんって、結構うちの母好きですよね。あんな塩対応なのに」

「そこがいいんだよ。むしろ性格だけなら、まもりよかツボかもな……おいおまえ俺の鶏天を」

「言っていいことと、悪いことがあるんれふよ」

まもりは、口いっぱいに奪った鶏の天ぷらを詰め込みながら言った。何が悲しくて自分の母親を、ライバル視せねばならないのだ。

「なんですか葉二さん、実は年上好きですか。末っ子ですもんね」

「そういうわけじゃねえって」

「えーえー年下のつまんない長女ですよ。すいませんねー」

「そこで拗ねんなよ。もともとタイプじゃないのは今さらだろ」

「さらっと今すごいこと言いませんでした⁉」

鶏天食ってる場合じゃなかったか。泣くところかここは。

しかし青ざめるまもりに対し、葉二は続けて言った。

「いったん好きになっちまったら、好みもタイプも吹っ飛んだんだからしょうがねえよ」

それは言い訳というより、当人自身もコントロールできないぼやきに近く、まもりもそれ以上は追及できなかったのだ。

「……そうですね。そういうの理屈じゃないですよね」

「だろ」

「鶏天あげます」

「おまえが持ってったんだろ」

お詫びのかわりに、自分の皿から鶏天を返してあげた。

まもりとて、後からわかった葉二の中身は、想定外もいいところだったわけで。

むしろタイプじゃないのに好きになってくれてありがとう、だ。すごい奇跡だから。

「ともかくみつこさんたちのOKは取れたんだから、これで堂々と次に行けるな」

「次？」

「ほら、俺んとこの実家にも顔出しするだろ。軽くでいいから」

味噌汁を飲もうとしていたまもりは、そのまま噴きそうになった。

「……なんつー顔してんだよ。ルッコラはみ出てるぞ」

「忘れてた……」

「忘れんなよ」

　忘れるというより、考えたくなくて脳の隅に追いやっていたのだ。大変だ。

「あー、ツイードのワンピ、クリーニング出さなきゃダメかな。アイボリーのやつで行けるかな。ニットにスカートじゃ軽すぎるかな」

「そんな気負わんでも、別に反対もされてねえし、顔出してくれるだけでいいんだが」

　そういうわけにはいかないだろう。

「サンタさーん、靴がありませーん」

「ゴム長で行け、ゴム長で」

「あほー！」

　暴論には暴言で返し、残っていた海老(えび)フライを、福神漬けタルタルソースの海に突っ込んだ。そしてそのまま、もりもりと咀嚼(そしゃく)して食べた。

　とにかく力をつけねば、年越しどころか葉二の引っ越しまでもちそうにないぞこれは。

＊＊＊

　葉二の実家訪問は、クリスマスも差し迫った十二月の第三週となった。

しんだ。
まもりは出発の前夜、自分の部屋のキッチンで、せっせと上納品用のお菓子作りにいそ

レシピ本を横に置き、泡立て器で砂糖とバターを練り混ぜていく。このあたりは、以前チーズとハーブのクッキーを作った時と、ほぼ一緒の手順だ。

卵、ふるった粉を入れ、さっくりまとめた生地を冷蔵庫に入れて寝かす間、まもりはキッチンバサミを持って、ベランダへ向かった。

狙いは五〇三号室のビジュアル担当、ニオイスミレの鉢である。

寒くなって花が終わった薔薇(ばら)の鉢の後を引き継ぎ、ベランダで再び可憐(かれん)なスミレ色の花を咲かせていた。夏の終わりに植え替えもしたので、花つきもばっちりだ。

「さあスミレちゃん。君に罪はないが、ちょっとお花をいただいていきますよ……」

明日(あした)は大事な決戦の日なのだ。まもりは猫なで声で近づいていき、その時咲いていた花を、非情にもハサミで根こそぎ摘み取った。

キッチンで花を洗い、水気が残らないよう広げて乾かしておく。

さらに市販のあめ玉をビニール袋に入れ、麺棒(めんぼう)でごんごんと叩(たた)いて砕いた。

冷蔵庫の生地が冷えたら、打ち粉を振ったまな板の上で薄くのばし、丸形のクッキー型で生地を抜いた。さらにもう一回り小さい型で抜き直し、ドーナツ状の生地を作る。

これをオーブンの天板にのせ、一七〇度に熱した庫内で五分ほど焼くわけである。

(どれどれ……具合はどんなもんかな)

焼き上がった生地に、焦げ目はほとんどついていない。しかし固まる程度でいいというので、ひとまず取り出してみた。

一見して穴あきドーナツのような生地の穴の部分に、先ほど砕いた飴を詰めていく。

色はシンプルな方がいい気がしたので、薄緑色のマスカット味と、黄色いレモン味の二種にしてみた。全部の穴を埋め終わったら、またオーブンに入れて、飴が溶けるまで加熱する。

「よし、綺麗に溶けたな……今のうちにスミレを……あつーっ！」

前のめりすぎたのか、オーブンの縁に額が触れてじゅわっと言った。しかし手早さが命なので、今は作業を優先する。

砕いた飴は、オーブンの熱ですっかり溶けて平らになっている。そこに茎を取ったニオイスミレを置いていき、馴染ませるためにまた一、二分スイッチオン！

タイマーが鳴り、オーブンを開ける。

「お、おおお……」

現れたのは、まるで白木の額縁にクラシックな色ガラスがはまる、スミレ入りのステンドグラスだ。飴に封じ込められた花弁は、色も形もしっかり残っている。

「できたー！　すっごいお洒落ー！　スミレのステンドグラスクッキー！」

あとはこのまま飴が固まるまで完全に冷やせば、できあがりである。

クッキングシートから外して包装するのは、明日の朝になってからでもいいだろう。

まもりは今さらながらひりひりしだした額をおさえ、寝る支度を始めるのだった。


——そして翌朝。


天板のクッキーはすっかり冷えて、飴もカチカチに固まっていた。

そっと持ち上げると、朝の光を飴が鈍く透かして、輝かんばかりだ。中のスミレも樹脂で作ったアクセサリーのように、摘んだ時の形をそのまま残している。

試しに端が少し焦げてしまったものを、口に入れてみた。

(ん……しゃくしゃくのパリパリだ)

クッキー部分はバターの風味がきいていて、そこに薄く固めた飴がぱりぱりと砕けて溶けて、二つの食感が合わさりなんとも不思議な味わいだ。飴がレモン味だったので、ほんのりレモンの香りもする。今回は作らなかったが、ココア生地に苺ミルク飴など、組み合わせ次第で色々楽しめそうだ。

　できあがったクッキーを、あらかじめ買っておいたラッピング袋に詰め、金色のリボンで縛った。

　さて。葉二のお父さんもお母さんも、気に入ってくれるといいのだが。

「――まー、今から気にしてもしょうがないよね」

　まもりは不安をむりやり笑い飛ばす気持ちで、あえて声に出して言った。

　包装したクッキーをカウンターに置くと、シャワーを浴びて着替えるべく、風呂場に向かった。

　そして、洗面台の鏡で自分の顔を見た瞬間、信じられない思いで叫んだ。

「なんじゃこれ――！」

　実に乙女らしくない絶叫であった。


「……なんだおまえ、そのデコは」

　身支度を終えて隣の五〇二号室を訪れると、葉二はキッチンにいた。そして、まもりの顔を見るなりそう言った。

　まもりは額に貼った絆創膏(ばんそうこう)をおさえ、死んだ魚の目で説明をした。

「……ちょっと、クッキー焼く時に火傷(やけど)しちゃって……」

「バカ、気をつけろよ。ど真ん中ってすげえ目立つぞ」

「言わないでくださいよ。取れば取ったで、水ぶくれが大仏様みたいなんですよ……」

「ぶはははは」

　想像してツボにはまったのか、葉二が大笑いした。まもりはその膝裏(ひざ)を、アイボリーのワンピースの足で蹴(け)っ飛ばした。

「おまえな、包丁もあるんだから危ねえだろ」

「葉二さんのバカちん」

　この唐変木が。

　大事な日に備えて一生懸命コーディネートを考えて、結果大仏になった人間の気持ちがわかるか。死ぬほど情けないのだ。

　その葉二は、黒の綿ニットと灰色のパンツという小綺麗な格好で、上からエプロンを付けてキノコの栽培キットと向き合っていた。

　リビングから移動させたらしい菌床ブロックは、ビニール袋の中で順調にエノキとなめこを生やしている。

椎茸がブロックの全方向から生えていたのに対し、こちらは赤玉土を詰めたブロック上部からのみニョキニョキしていて、なんとなくご神体の髪の毛に見えなくもない。ブロック部分に目鼻を書いたら、完全に人面になる生え方だ。

「収穫するんですか？」

「ああ。せっかくだから、手土産になめ茸でも作って持ってこうと思ってな。つまみぐらいにはなるだろ」

お土産は、スミレのステンドグラスクッキーとなめ茸。いいのか、それで。

葉二はビニール袋を外して、生えたエノキとなめこを菌床から引き抜き、ザルに移した。

「ちょっとこれ、土ついたとこを洗ってくれないか」

「はーい……うわ、なめこネバネバだ」

「そりゃそうだろ、なめこなんだから」

まもりとしては、一見してなめこらしくなかったから、びっくりしているのだ。

エノキもなめこも、こうして育ったものは市販のものより太く大きく、しっかりしている。特になめこの大きいものは、軸も伸びて傘も開いて、まるで茶色いしめじだ。そのくせ触れば、湿ってぬるぬる粘るのだ。

葉二はキノコを育てるのに使った赤玉土の残りを掘り出し、また新しい赤玉土を足している。

「何をやってるんですか？」

「また土と水を入れて保湿してやれば、新しいキノコが出てくるんだと」

「なるほど……とりあえず綺麗になりましたよー」

「よし。このまま使うにはちとでかすぎるから、少しサイズを揃えるか」

葉二は宣言通り、二種のキノコをそろって二、三センチほどの長さに切りそろえた。さらに小鍋（こなべ）をガス台に置くと、引き出しから大さじを取り出す。

「味付けはだし汁だろ、砂糖と醤油（しょうゆ）と酢だろ、あと酒とみりんを突っ込む。辛さは鷹（たか）の爪だ」

「ふんふん」

「時間ねえなら、めんつゆに酢と砂糖でも可」

今回はちゃんと作るようで、一通りの調味料を入れた後、カウンターの上に枝ごとぶら下げている、乾燥トウガラシもむしって放り込んだ。

「火にかけて砂糖が溶けたところで、刻んだエノキとなめこを入れる。で、そっから一回煮立てて、弱火に落として煮詰めりゃできあがりだ」

それなりに量があるように見えた刻みキノコも、ぐらぐら煮詰めて煮汁が減っていくと、どんどんかさが減っていった。

スプーンで少し味見させてもらうが、すっかりとろみが出ていて、シャキシャキのキノコに甘辛酸っぱい味がよく染みている。これは紛うことなき、なめ茸だ。

「大根おろし持ってこーいな味ですね」

「焼き茄子なんかにかけてもうまいぞ。冷めたら瓶に詰めるから、そしたらでかけるぞ」

いよいよか。

まもりは無意識のまま、自分の額に手をやるのだった。


葉二の実家は茨城県のつくば市にあり、まもりたちのいる練馬からは、秋葉原でつくばエクスプレスに乗り換え、さらに一時間弱で到着する。

そのTXの車両に揺られながら、まもりはあらためて葉二に確認をした。

「葉二さんのお父さんって、もう定年退職されてるんですよね？」

「そう。母親も去年退職したから、二人とも家で呑気にしてるぞ」

「両方先生って、なんか緊張するなあ……」

葉二の父、亜潟辰巳は私立高校の社会科教師をしていたという。さらに母親の紫乃は市内の中学で数学を教えて、教頭まで務めたというからびっくりした。まさかの教員一家なのである。

「勉強とか教えてもらったんですか？」

「いや……むしろ共働きで、死ぬほど忙しいイメージしかねえわ」

「あ、そうなんですか……」

「学校行事が自校と重なりゃ、そっち優先だしな。家にいる時間は、親父の方がまだ多かったぐらいだ」

なんとなく、教員志望の湊（みなと）の顔が思い浮かんでしまった。これから大変な道に行こうとしている彼女に、幸あれと祈る。

「だもんで、あの二人がそろって二十四時間家にいるって構図は、俺もあんまり想像つかないんだわ」

「な、なるほど……」

「親父は趣味で歴史本読んでるらしいが、お袋はどうなんだろうな。暇で溶けてなきゃいいが」

葉二は流れる車窓の景色を眺めながら、やや遠い目をしている。

「まあでも、引っ越す前におまえ連れてくって言ったら喜んでたから、気楽にしててくれよ」

「だといいですね……」

こちらはどうしたって、緊張してしまうのだ。

電車はしばらく繁華街の中を走っていたが、千葉の利根(とね)川を越えたあたりから開けた平野が増え、だんだん農地や雑木林が目につくようになった。

ずいぶんのどかな所なのだなと思っていたが、終点のつくばに近づくにつれて再び住宅も増えてきて、葉二の実家の最寄り駅は、一つ手前の研究学園(けんきゅうがくえん)駅だった。

高架式のホームに降り立ったまもりは、眼下に広がる街の新しさに、小さく感嘆の声を上げた。

改札から外に出るが、バスロータリーも歩道も、そして車道も広く真っ直ぐ整備されていて、何か外国の街のようなスケール感だ。

「TXができてから整備された街だからな、このへんは。ちょっと外に向かって歩けば、田んぼも畑もあるし、遊水池ででかい水鳥が飛んでたりするぞ」

「そんな風には見えないですね」

「親父がこっちに家建てた時は、もっと地味でこぢんまりしてたんだよ。役所も警察署もまだなかったしな」

どうしてこんなに海外ドラマを思い出すのかと思ったが、視界にあるはずのものが、まったくないことに気がついた。電柱が全て地中化されているのである。

「……よ、葉二さん。この、『ロボット実験区間』ってのはなんですか……」

まもりは、歩いている道に掲げられた看板を、恐れおののきながら尋ねた。

「いや、まんま書いてある通りだよ。時々ここをロボットが通るから注意しろって」

「未来？　未来なんですかここは！」

落石注意や猿に注意の看板は見たことがあるが、ロボット注意は初めてである。

さすがは研究学園都市の、つくば市である。

「たまにセグウェイ乗って走ってる人間は見るけどな」

「それだって充分ですよ……」

待っていればロボットに会えるかと思ったが、残念ながらそういう時間帯ではなかったようである。返す返すも無念だった。

広々とした県道沿いに、マンションやショッピングモールなどが立ち並び、しばらく歩いていくと、今度は整備された一軒家が目立ちはじめた。

葉二が「ここだ」と立ち止まったのは、そんな閑静な住宅街の一画だった。

オープン外構の表札には、確かに『亜潟』と出ている。

「……なんだこりゃ」

「え？」

「あれ、玉ネギだよな」

インターホンを押そうとしていた葉二は、なぜか駐車場脇の庭を凝視している。

芝生の一部が掘り返され、黒々とした畝の間に、確かに野菜らしいものが育っていた。

「そうですね。そう見えますね」

「冗談だろ。誰がやってんだよ——」

葉二は自分で玄関の鍵を開け、ドアに頭を突っ込んだ。おいおい、インターホンはどうしたのだ。

「なあお袋ー、あの野菜どうかしたのか？」

大声で叫ぶと、奥からぱたぱたと、スリッパの足音が近づいてきた。

「……葉二。あなたももういい年なんだから、そんなに大きな声出さなくても、呼び鈴鳴らすなりなんなりできるでしょうよ」

「質問に答えろって。誰が世話してるんだ？　まさか親父か？」

「私がやってるのよ」

「お袋がぁ？」

葉二は素っ頓狂な声をあげた。

「ご近所でいまブームでね、教えてくださる方がいるから、時間もあるしやってみようと思って」

「マジか……」

「そうよ。それより葉二、あなた一人で来たの？　そんなわけないわよね」

するとまもりの目の前で、いきなりドアが大きく開いた。

玄関前の廊下に立つ亜潟紫乃と、それで正面から対峙する形になった。

「ほれ、こいつがまもりだ。栗坂まもり」

そんな見世物みたいに言わないでほしい。

葉二のお母さんは、やわらかそうなグレイヘアを短くカットして、化粧気はあまりないが優しそうな顔だちをしていた。細い金縁の眼鏡に、草色のチュニックブラウスと、オフホワイトのパンツが、小柄ながらも伸びた背筋によく似合っていた。

昔――中学校の図書室で、司書教諭の先生が、こんな雰囲気の嘱託の先生だったことを思い出した。話しやすくて、まもりはとても好きだったのだ。

「どうも、はじめまして……栗坂です」

「ええ、こちらこそはじめまして。どうぞよろしくね」

紫乃が微笑し目を細めると、フレームの陰で知的な笑いじわが浮かんで、ますますまもりは素敵だなと思ったのである。

「ところでそのおでこ、どうしたの？　怪我したの？」

「あっ、こ、これは！　大仏隠しでして！」

「だいぶつ？」

なぜこうなる。

そしてリビングに通されると、今度は葉二のお父さんこと、亜潟辰巳とご対面だった。

庭に面したソファにいた辰巳は、葉二と一緒にまもりが入ってくると、手元の文庫本を置いて立ち上がった。

「どうもこんにちは、葉二の父です」

大変だ、イケオジだ。

ロマンスグレーを後ろになでつけた、すらりと背の高いイケメンのオジサマである。ようするに、葉二とそっくりだったのだ。

（うわー、うわー、葉二さんの年とったバージョンだ。こんな感じになるんだ）

数年前まで高校教師だったというが、こんな格好いいオジサマが教壇に立っていたというなら、女子生徒は授業にならなかったに違いない。

「ところでそのおでこは？　怪我か何かを？」

「親父、そのネタはもうやってる。大仏隠しだ」

「鎌倉(かまくら)の？　牛久(うしく)の？」

「クッキー焼いてくれたんですって。嬉(うれ)しいわよね」

紫乃が玄関で渡した紙袋を持って、キッチンへ入っていった。

聞いた辰巳は「なるほど大仏……」と神妙にうなずき、そんな姿までいちいち渋くて様になっている。でもできれば、額のことは忘れてほしい。

「……一つおまえの疑問に答えてやろうか、まもり。親父がいたのは男子校だ」

背後で葉二が、ぼそりと囁(ささや)いた。

「あ、あはは。そうなんですか、ありがとうございます」

「ばればれだっての。いいから座れ」

お父様に見とれてしまったことまで筒抜けだったようで、まもりはばつの悪い思いのままソファに腰掛けた。集中できない女子高生がいなかったのなら、何よりだ。

テーブルに辰巳が置いた、文庫本が目に入る。

「ああ、悪いね不調法で。きりのいいところまでと思ったらついね」

「栄花物語、いいですよね。お好きなんですか山本周五郎」

「君も？」

「大学で戯作の勉強してます。江戸時代好きなんです」

「ほう」

まもりがはにかんで答えると、辰巳の穏やかな眼差しに、ある種の光が灯った気がした。

「つかぬことを伺ってもいいかな──」

「やめとけ親父。ここはマニアが議論ふっかける場じゃねえぞ」

「まだ何も言ってないじゃないか」

「言う気はあったんだな」

葉二はあきれ顔になった。

「でもそうよね、まだ学生さんなのよね、栗坂さんは」

紫乃がお茶のトレイを持って、ソファにやってくる。まもりが持ってきたスミレのステンドグラスクッキーも、皿に入れてくれていた。

「俺が先に神戸に行って、まもりも卒業したら呼び寄せるつもりだ」

紫乃が辰巳の横に、腰を下ろす。

「正直ね、結婚するとか起業するとか、聞かされる方は落ち着きたいのか弾けたいのか、よくわからなくなってくるわよ。反対はしないけど」

「なら別にいいだろ」

「あなたのことだから、誰か大事な人がいた方が慎重になりそうだものね。だけど栗坂さんはいいの？　これから社会に出るのに、よくよく考えてちょうだいよ？」

「あの、大丈夫です。考えて決めましたから……」

まもりが控えめに口を挟むと、紫乃は微笑んだ。

「それなら安心。葉二がいい人を見つけて良かったわ。本当にありがとう」

「──あ」

まさかお礼まで言われるとは思わなくて、まもりは緊張に感動まで加わって、胸がいっぱいになってしまった。こちらこそありがとうなのである。

それからは、入れてもらった茶を飲みながらの、雑談タイムになった。

「引っ越しはいつなの？」

「二十六日」

「すぐじゃない。準備は終わった？」

「まあなんとかするわ」

「できてないのね……」

葉二と紫乃が現実的な話をする一方、まもりは辰巳と昔の話をしていた。

「江戸が好きとのことですが、きっかけは」

「黄門(こうもん)様を少々」

「光圀(みつくに)公ですか」

「勉強熱心な方だったと思います」

辰巳が結構とばかりにうなずく。いちいち絵になるオジサマだなあと、まもりはお茶を飲みながら思った。

「水戸(みと)の偕楽園(かいらくえん)にはもう行きましたか」

「いえ、興味はあるんですけど」

「いいですよ、特に梅まつりの頃は人が来るだけあって――」

葉二似の落ち着いた声で、とつとつと喋(しゃべ)っていた辰巳が、不意に目を見開いた。

まもりも何事かと思って振り返るが、リビングの入り口に亜潟葉二が立っていた。

（え、そんなわけないよね）

葉二は今も、まもりの隣にいるのである。

その人は古着風のジャケットに細身のデニムというラフな格好で、寝癖かパーマか微妙な癖っ毛も、よく見れば葉二とは違うものだ。

「兄貴」

「えっ、お兄さん？」

「香一、どうしたのあなたいきなり」

葉二の兄だというその人は、淡々とこちらに近づいてきて、テーブルに出ていたまもりのクッキーを、立ったまま口に入れた。

「ん、うまいねこれ」

「うまいじゃねえだろ。来るって一言も聞いてねえぞ」

「いや。なんかおまえが嫁さん？　連れてくるっていうからさ」

「まだ嫁でもねえよ」

「うん。だから俺も、結婚したって言っておこうかと思って」

葉二に似た、けれどどこか眠たげな目つきで彼は言い、葉二は絶句した。

「…………は？」

「これ、嫁さんの以慧ね。台湾人の二十七歳」

長身の背後から手品のように、アジアンビューティーのお姉さんを登場させてみせた。

黒髪をシニョンに結った、大変麗しい人だった。

「ども、コニチワ。劉以慧デス」

「まだ日本語勉強中だから、色々教えてやってくれ。あと子供が六月に生まれる予定です」

以上おしまい、と言わんばかりの流れであった。

まもりたちは思わず、以慧さんがダウンの下に着ているニットワンピの、お腹のあたりを凝視してしまう。スタイルは抜群に見えるが、いらっしゃるのかそこに、お子さんが。

「こういうのはほら、いっぺんに済ませた方が合理的だろ」

「──そんなわけないでしょう。ちょっと香一！　あなた一から説明なさい！」

リビングルームに、亜潟紫乃の特大の雷が落ちたのだった。

葉二いわく。

お兄さんの名は、亜潟香一。年齢は三十四歳。愛知の自動車メーカーに研究員として就職して、以後ずっとそちらで暮らしているという。

場の主役が香一と以慧夫妻に変わったので、まもりたちはソファの特等席を二人に譲り、後ろに立ち見でことの成り行きを見守っているところだ。

まさか、こんなことになるとは思わなかった──。

「……何がいっぺんに済ませれば合理的、だ。弾よけの弟がいりゃ被弾が少ないってだけじゃねえか」

「いやあでも、なんか葉二さんのお兄さんだって感じしますよ……」

「どこがだ。いつもこうなんだクソ兄貴め」

葉二は腕組みしたまま毒づいているが、その豪快な雑さはどこかの誰かと同じ系譜だと強く思うのである。確かに葉二よりもかぶる猫がまったくないぶん、インパクトや周りに与える影響は強烈かもしれないが。

今もソファでは、香一が眠そうな目つきのまま、ご両親の追及を、柳に風と受け流している。

「とりあえず香一……以慧さんと出会ったのは、二年前ということで間違いないね？」

辰巳が家長として確認すると、香一はイエスとうなずいた。

「以慧さんは、現地の旅行会社でOLをしていた」

「そう。出張で台北(タイペイ)行ってさ、屋台のマンゴーがめちゃうまくて」

「マンゴーはいいから」

「魯肉飯(ルーローハン)も定期的に食いたくなるから、ちょくちょく行ってたんだよ」

話が通じているのかいないのか。イケオジの辰巳は、笑って何かを諦(あきら)めたようだった。

「子供の性別は、もうわかってるのか？」

「まだ。まあどっちでもいいと思ってるよ、産まれるなら」

「そうだな。元気に育つのが何よりだ」

「だろ？」

辰巳の言葉に、香一もにこっと歯を見せ笑った。そうすると年よりもだいぶ若く見えて、三十代の社会人というより、サブカル好きの学生のようであった。

「式もおいおい考えるよ。そん時はよろしく」

「よろしくって、のんきだな」

「焦ってもしょうがないだろ」

「……しょうがないも何もないわよ、どうしてそうへらへら笑えるのよあなたたちは」

そしてここまで黙っていた紫乃が、氷のように冷たい声音で遮るのだ。

「お袋」

「いきなりなんなのこれは……黙って結婚していましたってだけでもあれなのに、子供？国際結婚？」

「……お、おい紫乃さん、何も今そんな怖い顔をしなくても」

「今？　そんなの聞いたのが今この場なんだから、当然でしょうよ。辰巳さんこそ、どうしてそんなに平然としているの」

「私だって驚いてはいるさ」

「どこがよ。どうせまた人のことを、心が狭いだのわからず屋だの言うんでしょう。わかっていますよごめんなさいね！」

紫乃は耐えきれないとばかりに唇をわななかせ、ソファから立ち上がった。

「待ちなさい。どこに行くんだ」

「そうやってみんなが好き勝手するっていうならね、私はもう——知りません！　実家に帰らせていただきます！」

制止する辰巳たちを振り切り、本当に部屋を出ていってしまった。

後には、まもりたちだけが残されたのである。

（……ど、どうしますよ）

実家とは大変なことになってしまった。

うろたえて葉二を見ると、当人は面倒くさそうに頭をかいているだけだった。

「……よ、葉二さん？」

「おーい、やっちまったなバカ兄貴。怒ると思ったんだあれは」

「仕方ないだろう。年々気が短くなってないかあの人」

「ちょっとでいいから取り繕えよ」

「俺はおまえとは違うんだよ」

さきほどとは打って変わって、非常にテンションの低い会話を、兄弟で繰り広げていたりするのである。

「とにかく葉二。ちょっと一回りして、紫乃さんを迎えにいってくれないか。香一じゃまた頭に血が上るだろう」

「了解。貸しだぞこれ」

辰巳に頼まれた葉二は、こちらを振り返った。

「そういうわけで、行くぞまもり」

「え、行くってどこに？」

「聞いてただろ、お袋を捜しに行くんだよ」

そういうことらしい。


そして葉二はまもりを連れて、家を出た。

紫乃を捜すと言っても、その足取りは非常に落ち着いたものだった。駅がある方向とは逆の道を、特に迷いもなく進んでいく。

「うちのお袋はなあ、よく言えばお勉強ができる常識人、身も蓋もなく言や堅物で融通がきかないタイプでな。容量オーバーなことが起きると、よく家出するんだわ」

「なんと……」

常習者でいらっしゃったか。

「それでいて基本が小市民の『先生』だから、飛び出していったところで実家になんて帰りゃしないんだ。新幹線の距離な上に、兄嫁さんにご迷惑なんてかけられないから」

「ああ……」

気持ちはわかるが、それはそれで悲しい。

「じゃ、じゃあどうするんですか」

「だからまあ、基本そのへんをうろうろして、ほとぼりが冷めた頃に子供の誰かが迎えに行って、手打ちにするのが定番になってるわけだ。車がそのままだったから、遠くには行ってないだろ」

葉二の言う通りに歩いていくと、視界に微妙な変化が起きた。どうやら電線が地中化されたエリアが終了したようで、地面の舗装がカラータイルからアスファルトに変わり、再び電柱と電線が見えるようになった。

同じ時期にいっせいに建てたような建売住宅に交じって、畑や田んぼも出現し、小川沿いには昔ながらの農家風の一軒家も見えた。

葉二の言っていた、『ちょっと外に向かって歩けば』の『外』にやってきたのかもしれない。たぶんここにロボットは出ない。

「ほら――あそこで黄昏（たそがれ）てるのがお袋だ」

葉二が指をさしたのは、街の南北を走る蓮沼（はすぬま）川沿いの、アスファルトの舗装すらなくなった農道の上だった。川側に落ちないよう立てられた柵（さく）に腰かけて、収穫が終わった田んぼをぼんやり見ている人がいる。

くしくも今は日没時で、空は西からオレンジ色に染まり、遠くでカラスまで鳴く始末で、まもりたちが近づくと、気づいた紫乃がゆっくりと面を上げた。

あの家の中では小柄な人なので、そうしていると迷子か徘徊（はいかい）中のおばあさんと言った趣だが、「あなたたち、一緒に座りなさい」と指示する言葉は元教師らしく、堂に入ったものだった。

葉二が『聞いてやれ』とばかりにうなずいたので、まもりは言われた通り紫乃の隣に腰かけた。

「どうも、失礼します……」

続けて葉二も、まもりの横に腰をおろす。

住宅街の外れで小川を背景に大人三人、夕日に照らされなかなか変な絵面である。

紫乃が、もう何度目かわからないであろう、深いため息をついた。

「なんでこう……うちの子供たちは、そろいもそろって生き方が大ざっぱというか自由すぎるの……」

それは大変に重く、そして根源的な疑問であった。

母親の目線で見ても、雑なのは雑だったか。

「瑠璃子がね、他校の男子とタイマンはってパトカーのお世話になったり、葉二がバイクで電柱に突っ込んで利き手の神経切ったなんて聞かされたり、極端なのは覚悟していたけどね……もうちょっと受け止める人間の気持ちも考えてほしいのよ……」

まもりは思わず、横の葉二を確認してしまった。バイクで電柱ってなんだ、バイクで電柱って。葉二は、気まずげに目をそらすだけだった。

「今まで何百人も生徒を受け持ってきたけどね。自分で産んだ子供が一番わからないって、どういうことなの。皮肉にもほどがあるわ」

「それは大変だと思います……」

「時々ね、とても疲れてしまうのよ。辰巳さんのようには行かないわ」

まもりに答えを出せるようなものではなく、ただうなずくことしかできなかった。

しかもまもりは一方で、その受け止めきれない葉二や瑠璃子の人柄が、けっこう好きな人間だったりするのである。今日会った香一なども、まだ第一印象でしかないが、なんかスケール大きそうで面白そうとか思っていたりする。これは相性の問題なのだろうか。

「栗坂さん、あなた葉二といて平気？」

「わりと平気です」

「葉二、本当にいい子見つけたわね」

「俺にどんな答えを求めてるんだよ……」

本気で同意を求める紫乃に、葉二が顔をしかめた。

「そうねえ。どんなって言えば……たぶんそれに引き換え私はっていう話なのよ」

紫乃が肩を落とし、どこか自嘲(じちょう)気味に呟(つぶや)いた時だった。

「あの、スミマセン！」

少し遠くから聞こえたその声は、やや癖のある発音で、まもりたちが振り返ると、家にいたはずの劉以慧が、こちらに向かって駆け寄ってくるところだった。

げた。

「見つけた。オカサン、わたし見つけました」

周りに香一の姿はなかった。彼女一人だけのようだ。

ようやく紫乃の近くで立ち止まった以慧は、肩で息をし、額の汗をぬぐいながら顔を上げた。

「ごめなさい」

開口一番。たどたどしい日本語ながらも、ひどく真剣な目が、そこにはあった。

「ごめなさいオカサン。びっくりさせてホントごめなさい。わたし香一サン、たくさん愛してマス。オカサンに謝ります。ごめなさい……」

彼女がぎゅっと目をつぶると、アイラインを綺麗に引いた瞳から、涙がこぼれていった。

その涙で我に返ったのか、紫乃が慌てて首を横に振った。

「やめて以慧さん。謝らないで」

「ごめなさい」

「そうじゃないの。あなたが泣くことなんてないんだから。私が意固地なだけよ」

「……いこじ？」

「わからず屋の意地っ張りよ。香一が好きなら素敵なことよ。わざわざ日本にまで来てくれて、大変だったわよね。まずそれを言わなきゃいけなかったんだわ、私ったら」

紫乃が以慧のもとに近寄り、彼女のダウンジャケットの背中をなでると、以慧はこらえきれなくなったように、ぽろぽろと本格的に泣き出した。

しかしそれは、今までの不安といたたまれなさから来る涙ではないだろう。

紫乃が優しく、泣く以慧に呼びかける。

「……香一のところで、不自由なことはない？　あの子あの通りいい加減だから、ちゃんと言わないとわからないわよ」

「ちがう、不自由ないデス」

「本当？」

「だいじょうぶ……」

以慧はそこまで言って、ダウンジャケットの腹のあたりをおさえながら、ため息をついた。

「どうかしたの？」

「へいきです。ちょと、お腹苦しいだけ……」

それを聞いた紫乃の、顔色が変わった。

「葉二、香一に連絡してちょうだい。すぐに車回してって」

「――わかった」

険しい形相の紫乃に、葉二がスマホを取り出す。

「以慧さん、とにかく休みましょう。香一に迎えに来させるから」

「わたしだいじょうぶ」

「そんな真っ青な顔で何を言ってるの。一人の体じゃないのよ」

紫乃はぴしゃりと言って、以慧をその場に座らせようとした。

「あの、これ使ってください」

舗装のない草地なことが気になって、まもりは自分のコートを脱いで、以慧が座るところに敷いてあげた。紫乃がこれだけ言うのだから、まもりも何かあったらと怖くなってきた。

「出ねえよ兄貴」

葉二がスマホを耳にあてたまま、苛立(いらだ)たしげに舌打ちをする。

「このさい辰巳さんでもいいから。お酒飲んでないわよね」

「飲んでたら張り倒すしかねえな」

「あっ、香一さんだ！」

まもりは、救いの主を見つけた。葉二が呼び出しを続けている当人が、ジャケットのポケットに手を突っ込んだまま歩いてきたのだ。

向こうもこちらに気がついて、手を振った。

「おおー。みんないたか、勢揃いだな」

「いたかじゃねえよ、早く来いって！」

葉二が殺気だってどやしつけると、香一は眠そうな目をしばたたかせた。

「なんかあったのか？」

「携帯ぐらい出ろよ。以慧さん体調悪いみたいだぞ」

それを聞いた香一は、さすがに真顔になって、柵沿いに座り込む妻のもとへ向かった。

膝(ひざ)をつき、小声の中国語で質問をする。以慧がそれに、青い顔で答えていた。

「ねえ香一。あなたがここにいるなら、もうタクシー呼ぶわよ。いいわよね」

「いや、いいよお袋。その必要なし」

香一が、ひらひらと手を振った。

「どういうこと？」

「単にめちゃくちゃ腹減ってるだけみたいだ」

——紫乃は、あんぐり口を開けたまま固まった。恐らくはまもりも、似たような顔つきになっているに違いない。

「おい以慧。いいか、こういう時はお腹が苦しいじゃなくて、お腹が減ったって言うもんなんだぞ」

「ああそうです、ソレソレ」

「まあ減るよなあ、おまえ朝から緊張して、なんにも食ってなかったもんな」

「笨蛋！」

香一は鷹揚に大笑いし、以慧は顔を赤くして「ばらすよくない」とその肩を叩いた。

紫乃が、やっとこ状況を理解して質問をした。

「……つまり、お腹の子がどうとかそういうのはないのね。ただの言い間違いで」

「そういうこと」

「人騒がせな……」

葉二が言うと、香一は心外そうに反論した。

「そういうけどなー、葉二。こいつもともと低血糖気味だから、腹減りすぎるとへたりやすいんだよ。赤ん坊いるから余計食うし」

以慧は、香一から貰ったあめ玉を口に入れて、人心地ついたような顔をしている。

「……わかったわ……このまま帰りましょう。それでちゃんとご飯にしましょうね」

紫乃の脱力しきった苦笑が、たぶんこの件の全てなのであった。

「ああ、お帰り。みんなで帰ってきたのか」

一人家で留守番をしていた辰巳が、リビングでまもりたちを出迎えた。

「なんかそんな感じだわ。これから夕飯作るんだとさ」

「そりゃ大変だ。何かあったかな」

「なに、ねえの？　なんにも？」

葉二の、コートを脱ぐ手が止まった。

隣の紫乃に聞くと、彼女は首をかしげた。

「……まったくないわけじゃないわよ。あなたたちが夕飯食べていくかもわからなかったから、四人だけならお寿司(すし)でも取ろうと思ってただけで」

「そうか。確かに六人となると大がかりだわな。外に食いにいくか？」

「今さら出直すのも、面倒だろ。冷蔵庫あされば、なんか出てくるって」

香一が言った。

「それもそうだな。なんとかするか」

葉二もあっさり納得して、キッチンへ向かった。

兄弟二人で冷蔵庫を開けると、材料の吟味をはじめる。

「牛の切り落とし一パック。豚コマも一パック」

「なんか中途半端だな。合わせてハンバーグでも作るか？」

「それでも六人じゃ少ないだろ」

「じゃあ卵も入れて、ミートローフにしたら？」

紫乃が後ろから提案した。

「わかった。んじゃその線で行こう。種は俺が適当に作るから、兄貴はゆで卵とか作ってくれるか？」

「了解」

「なんにしろ、ご飯は炊いておいた方がいいよなあ」

兄弟が二手に分かれて動きだす一方、辰巳がのんびりと炊飯器の蓋に手を伸ばす。紫乃はリビングに残ったティーカップを、お盆に集めて片付けはじめた。

なんというかこの人たち、家族間の連携と割り切りがすごい。

「おいまもり、こっち来い。手伝ってくれ」

「あ。はい、わかりました……」

葉二に呼ばれて、まもりも慌てて移動した。

彼は吊り戸棚の上段から、フードプロセッサーらしき機械を取り出している。

香一は香一で、以慧に鍋がある場所を教えて、一緒にゆで卵を作ろうとしているようだ。

「いつもこうやってご飯作ってたんですか？」

「あ？」

「みんなで協力して夕飯だぞー、みたいな」

この、各自分担して一気にやっつけていくぞという、ノリとテンポ。ものすごく見覚えがあるのだ。葉二と食事を作っている時と、そっくりだから。

葉二は取り出したフードプロセッサーのコードを、流し台のコンセントにつないだ。

「……まあ、そう言われれば、そうかもしれんな。みんな何かしら忙しかったし、動けるやつが動くのが鉄則っつーか。姉貴なんかは、それでもうまくさぼってたけどな」

「なるほど。ルーツがわかりましたよ。練馬でも同じノリですもん」

「そんな大層なもんかね。冷蔵庫に玉ネギと人参の切れ端があったから、肉と一緒に取ってきてくれるか？」

「はーい」

まもりは笑って、指示に従った。

かくして彼氏の実家の冷蔵庫をごそごそ漁り、お肉二パックと、野菜室の玉ネギと人参半分ずつを持ってくることとなった。

「さー、ここからは機械任せで一気に行くぞ。まずは挽き肉作りだ」

葉二は、セーターの袖をまくった。

牛肉の切り落としと豚コマを一緒にして、モーターのスイッチをオン。派手な轟音とともに、肉がカッターで切り刻まれて合い挽きのミンチになっていく。

「すごい。ほんとに挽き肉になっちゃうんだ」

「それがフードプロセッサー様だ」

「うちでも導入しませんか」

「今は物を増やしたくないんだって。野菜の人参に玉ネギ、卵やパン粉なんかも入れて、これも一緒に刻むぞ」

野菜が粗みじんレベルに細かくなったところで、葉二はミンチをまとめてボウルに移した。

「葉二さん。そ、その瓶は……！」

「なめ茸。この際だから、味付けに使っちまおうと思う」

彼は見覚えのある瓶の、蓋を開けた。クッキーと一緒に手土産として持ってきた、あの手作りなめ茸だ。半分ほどを目分量で突っ込むと、ぐりぐりと混ぜてミートローフの種にしてしまう。

「粘るからつなぎのかわりになって、結構いいんだよな」

「…………キ、キノコ入りハンバーグの亜種だと思えば……いやいやいやそれでも……」

「しかもハンバーグと違って、ミートローフは一個の塊で焼いちまうからな。大量に作りたい時は、丸めて焼いてひっくり返す手間がないぶん楽だったりする」

葉二はオーブンの天板に、半分にした肉種を豪快に載せ、べしべしと形を整えた。長辺が三十センチ近い、平たい長方形になった。

「兄貴ー、ゆで卵はできたか？」

「いま剝(む)いてるとこだ」

香一と以慧夫妻は、反対側のキッチンカウンターで、茹(ゆ)で終えた卵の殻を、せっせとむいているところだった。

周りの視線が集まるのを感じたのか、妻の以慧がむきかけの卵を持ったまま、くすぐったそうに笑った。

「どうかしたか？」

「……過年(グウオニイエン)みたい」

「なんだって？」

香一が聞き返すと、彼女は考えながら説明してくれた。

「旧正月の前です。みな帰省して、家帰りマス。家族みな、水餃子(すいギョーザ)や火鍋つくって、過年(グウオニイエン)むかえるの。こな感じ」

以慧は嬉(うれ)しそうだった。

「ならいっそ、本当に旧正月に集まったらどうだ。今度は餃子でも作って」

「あー、無理だ親父。その頃は会社の立ち上げで死んでる」

「俺んとこも、連続で帰省すんのはなあ」

「そうか……」

息子二人に現実的なことを言われ、辰巳がしょんぼりと肩を落とした。

水餃子ならぬミートローフ作りも山場に入り、殻をむき終わったゆで卵を、肉種の上に並べ、残った種で覆うように蓋をし、かまぼこ状に整えた。

一見して立派なミートローフだが、つるっと丸いなめこの傘が、肉の表面にもあちこち飛び出ているせいで、焼く前の外見はモスラの幼虫のレプリカか、機嫌がいい時の王蟲(オーム)である。これ、オーブンに入れたら、中でじたじた暴れたりしないだろうか。

「こんな大きいの、中まで火が通りますかね……」

「――中心に卵仕込んだから、意外といける。これを二〇〇度のオーブンで三十分ぐらい焼いたら、できあがりだ」

「がんばってくださいオーブンさん」

まもりは稼働しはじめたオーブンに、手を合わせた。

そして家電が仕事をする間、ちゃっちゃと洗い物などを片付けるのも、この家の人たちは手慣れたものだった。時間が余ると葉二などはリビングの窓辺に立ち、庭の観察をはじめた。

「なあお袋ー、あの畑に生えてる野菜、ちょっと収穫してもいいか？」

ソファでくつろぎはじめていた紫乃が、驚いて聞き返した。

「別にいいけど。今から？」

「そう。いいなら貰うな」

葉二はためらいもなくリビングの掃き出し窓を開け放ち、サンダルを履いて庭へ出ていく。香一から、「寒いから閉めろや」と文句が飛んだ。

まもりもつきあいで、葉二の背中を追いかけた。もちろん開けた窓は閉めた。

紫乃が作ったという庭の菜園は、ネギ類をはじめとして、大根、蕪といった根菜系、ほうれん草や小松菜など、オーソドックスなものがメインのようだ。

（やっぱりずっと気になってたんだろうなあ、畑……）

人から習って作っているというだけあって、畝は真っ直ぐ、マルチングや防寒もしっかりし、几帳面な紫乃の性格がそのまま出ている気がした。

葉二はプランター用ではない、普通サイズの大根が葉を伸ばしているのを見て、恨めしそうに言った。

「……くそ。地植えはでかいもん植えられていいよな」

「そこで対抗意識燃やしますか……？」

「お袋のくせに生意気な。ほうれん草収穫してやる」

「ジャイアン」

そのジャイアニズム全開の息子は、畝の端に生えるほうれん草をいくつか引き抜き、土をはらう。暗がりでも、葉の深い切れ込みと、赤い根っこが目についた。

「どうするんですか、それ」

「日本ほうれん草でアクもなさそうだから、簡単にお湯かけて副菜にする」

葉二いわく、ほうれん草は大きく分けて二種類あるそうで、ここに植えてあるのは東洋種のほうれん草らしい。切れ込みが入ったジグザグの葉と、赤く染まった根、そして種についた棘が特徴で、アクも少なくおひたしなどにむいているのだという。

反対に西洋種は種に棘がなく、葉が丸く肉厚で、バター炒めなどにむいているらしい。

確か葉二がプランターで育てていたのは、こちらの品種だった気がする。

収穫したほうれん草は、宣言通りシンクで水洗いし、やかんで沸かした熱湯を、ザルの上で回しかけた。すぐに水に取ってよく絞る。

葉の緑がいっそう濃くなり、根元の赤が冴え冴えとして美しかった。

「これを一口サイズに切って、残ったなめ茸と和えてもう一品ってわけだ」

「あ、それはおいしそう」

そして、オーブンのタイマーが鳴り響いた。

ミートローフも焼き上がり、いよいよご飯タイムに突入であった。

できあがったミートローフは、まもりの想像よりも遥かに——巨大だった。そしてモスラの羽化が始まっていた。

「ひっ、ひい……背中割れちゃってますよ」

「あ、くそ。ちょっと縮んだか」

葉二が言うように、オーブンの庫内で肉汁がぐつぐつと沸騰する中、肉の一部が割れ、中心のゆで卵が見えかかっていた。

天板の周りに、わらわらと人が集まった。

「おー、ぱっくりいったな」

「つなぎが足りなかったんじゃないの？　ゆで卵に片栗粉まぶしておくと、はがれにくていいわよ」

「次があったらそうさせてもらうわ。とりあえず天板どっかに置かせてくれ」

羽化したミートローフを、ガス台の上に置く。こうしている間もぐつぐつじゅうじゅうと言い続け、本当に怪獣映画のようなビジュアルだった。

「まあ、どう見ても火は通っている」

葉二が言った。

「いい匂いします」

後ろで以慧が、綺麗な小鼻を動かした。

「なら変なもんは入ってないんだろ。食っちまおう」

香一の言う通り、そのまま食べることになった。

しかしまな板の上で切り分けようにもこのモスラ、移動させるのに一苦労。六人ぶんの皿を出す場所も足りず、「ああもう面倒だからテーブルに持っていって切れ」という誰かの提案が採用され、天板はダイニングテーブルへと運ばれた。その場でスライスし、各自の皿へとサーブされた。

「はいどうぞ、栗坂さん」

「ありがとうございます。わー、豪華だー……」

切り分け役の紫乃から、皿を受け取る。いざ切ってソースをかけてしまえば型崩れも気にならず、切り口にドーンと現れるゆで卵が、ゴージャスで頼もしい。

これにほうれん草のなめ茸和えと、炊きたてご飯に豆腐の味噌汁が、本日のディナーメニューだった。

「それじゃ、いただきましょうか」

それぞれお箸を持って、いただきますだ。

なめ茸入りミートローフは、オーブンでしっかり焼いただけあり、巨大でも中までしっかり火が通っていた。具は人参、玉ネギと卵にキノコと、ごろごろの具沢山。大きいなめ茸の食感が、さながら和風ハンバーグのように浮かずに馴染んでいるのが面白い。つくづく見た目が、羽化したモスラになってしまったのが惜しかった。

「なあ葉二、おまえこれソースは何使ってんだ?」

「ケチャップとめんつゆ。あと練り辛子」

「へー、和風に寄せたのな。覚えとこ」

香一が、うなずきながら食べている。確かにほんのり和テイストで、だからこそなめ茸との相性がいいのかもしれない。

そして、何気なく食べたほうれん草の甘さときたら。口からため息が出た。

「どうしたまもり、変な味でもしてるか？」

「違う逆です……このほうれん草、めちゃうまですよ」

「ほうれん草かよ」

さっと加熱したのがきいたのか、歯ごたえしゃっきり、ほうれん草自身の甘みはくっきり。残ったなめ茸とからめただけのシンプルな味付けだが、まったく気にならない。

「いつも食べてるほうれん草とぜんぜん違う。葉二さんが育ててたのとも違う……」

「あら、ありがとう栗坂さん。光栄だわ」

「単に品種が違うだけだろ。勝ち誇るな」

「ほほほほ」

笑う紫乃に、葉二が対抗意識を燃やして毒づいた。

「ビギナーズラックが吠えるなよ。西洋種に比べてトウ立ちしやすいから、春に吠え面かいても知らねえからな」

いつかこの食卓の景色も、見慣れることになるのかなと思った。

以慧が言うように、年越しの前にみんなで集まって、ご馳走を作ってわいわい食べて、ちょっと失敗していたってそれが味で。今はまだ会ったばかりの人たちだけれど、それが当たり前になったりするのだろうか。

まもりにとって、実家の家族は家族のままで、そこから新しく家族や親戚のカテゴリーが増えていくのだろうか。きっと葉二にとってもそれは同じで、二人でした約束は、二人だけのものではないようなのだ。

今日まもりは、その実感の入り口に立ったかもしれなくて。

とりあえず、食べるものがおいしいのは何より。端っこの欠けたミートローフを口に入れ、この賑やかなひとときを覚えておこうと思ったのである。

（うん）

初のお宅訪問、ミッションコンプリートなのであった。

その後の小話

　つくばの実家を出たのが遅かったせいもあり、葉二（ようじ）たちが練馬のマンションにたどりついたのは、真夜中もいいところだった。

　よほど自宅が恋しかったのか、まもりは五〇三号室の扉に張り付き、「ついたー」と頬ずりせんばかりにしている。冷たくないのだろうか。

「やっぱり、あっちに泊まってきた方が良かったんじゃないか？　兄貴らも世話になるって言ってたし……」

「そこまでは気力がもちませんよ」

「なのか」

「はい。明日（あした）バイトですし……もう日付変わったから今日ですか」

　ドアに張り付いた姿勢のまま、まもりが言った。

　初めて葉二の実家に顔を出し、両親どころか、兄夫婦とも対面を果たすことになってしまった一日だった。

（……まあ、とんでもではあったな）

教員一筋で堅物だった母が、菜園を始めていたことも初耳だったし、フリーダムな兄が、国際結婚をしていたことも初耳だった。もちろん子供が生まれることもだ。

基本的に人当たりがいいまもりだけあり、初対面のどの人間とも仲良くやっているように見えたが、それでも気疲れする部分はあったようだ。当たり前といえば、当たり前か。

「……ありがとな。面倒なことにつきあわせて」

葉二が言うと、まもりはドアから頬を離し、微笑んだ。

「行って良かったと思いますよ。みんな素敵な人だったし」

「そうか？」

「とっても」

これが嘘じゃないようなのが、恐ろしい。

自分よりずいぶんと年下の彼女の、器の大きさを知るのはこういう時だ。

「おまえ偉いな」

「ふふふ。あっちじゃないと見れないものも、辰巳（たつみ）さんに見せてもらいましたしね。葉二さんの秘蔵品」

妙なことを言い出した。

そういえばリビングに全員が集まっていた時、一時的に二人の姿が消えていたのだ。てっきり父親の歴史趣味と、まもりの専攻の話で、書斎の本でも引っ張り出していたのだと思っていたが——。

「なに、アルバムでも出してきたのか?」

「いいえ。葉二さんが昔描いた絵」

「——」

「なんか泣きそうになっちゃいましたよ。感動して」

「おい」

「じゃ、おやすみなさい!」

反則なのを自覚しているのか、まもりはすぐに自分の部屋へ飛び込んで、ドアを閉めてしまった。

本当に不意打ちもいいところで、葉二はしばらくその場に、呆然(ぼうぜん)とたたずんでしまったぐらいだ。

(……全部捨てたはずだったんだけどな、親父のやつめ)

我に返った葉二は、あらためて自分の部屋のドアを開けた。

絵だけ描いて生きていきたいと、そう思っていた時期もあったのだ。まだ青い十代の頃の話である。

高校の頃は予備校のデッサン教室にも通って、なんとか美大に受かって絵描きの卵になろうとしたところで、個人的な事故で利き手と夢を一緒にクラッシュするはめになった。

あの当時はそれなりに荒れたし、しばらくは同じジャンルの絵を見るのも嫌だったぐらいだ。

それでも進路変更でデザイン系の道に進み、それで生計を立てることはできた。仕事で携わるアーティストの作品に、時折胸が焦げることもあるが、後悔はしていないと、負け惜しみなく言ってきたつもりだ。

今度、仲間と一緒に起業もする。

誰もいないリビングに置かれた、引っ越し用の段ボール箱は、葉二が進み続けている証でもあった。

でも、そうか。見たのかまもりは——昔の夢の残骸を。

——泣きそうになっちゃいましたよ。感動して。

大げさというかなんと言うか。葉二は苦笑しながら、その段ボール箱に腰をおろした。

ベランダ越しに月を探すが、この時間帯はもう建物の反対側に入ってしまっているようだ。そううまくはいかない。わかっている。

練馬で見るこの景色とも、あと数日のつきあいだった。

供養とか成仏とか、何かそんな言葉が似合いそうな深夜だった。

二章　まもり、牛とネギとゴーウエスト。

湊『ごめんまもり。宗教文化論の教科書、私が持ったままだったよ！　部室にあった超ごめん』
まもり『あ、そうだったんだ。見つかってよかった』
湊『年明けにレポート提出だよね。早いうちに返したいんだけど、いつなら大丈夫？　私、二十九日には沖縄帰省しちゃうんだ。それまでに会えたらって思うんだけど』
まもり『そっか。じゃあ二十八日でどう？』
湊『OK二十八日ね。冬休みなのに申し訳ない。まもりも川崎帰るの？』
まもり『うん、そっちはまあ別にいいんだけどね。葉二さんが引っ越しするから、その手伝いがちょっとね。というか今まさにそうなんだけどね（笑）』
湊『うわ、そうか今日なんだ。ちばりよー』
まもり『今ね、引っ越しの業者さんがどんどん入って、どんどん段ボール箱を持っていっ

てるとこ』

湊『頼もしいよねあれ』

まもり『そう、格好いいのよ上腕二頭筋が！』

いい感じに続いていたメッセージアプリのやりとりは、なぜかまもりが書き込んだところで、ぴたりと止まった。

やや遅れて、ぴこーんと。湊側の取ってつけたような子猫ちゃんのスタンプが、トーク画面に増えた。こちらが褒め称(たた)えた筋肉については、ノーコメントらしい。

（……えー、そんなに変なこと書いたかなあ）

ばたばたと見知らぬ人が行き来し、わた埃(ぼこり)なども舞い上がる部屋の隅っこにしゃがみこみ、首をひねるまもりである。

「すみません、後ろ失礼します！」

うわっと。

威勢のいい声に振り返ると、問題の引っ越し業者の人が、荷物を持ったまま立っていた。

真冬だというのによく日に焼けて、おそろいの制服とキャップをかぶり、目が合うとにっこり笑う。総じて歯が白い。

体型はかなり絞っているのに、両手で抱えるサイズの段ボール箱を三箱重ねて持ち、平然と立っているのがすごい。そんな人が、何人もいるのだ。

「はい、お邪魔してすみません。どうぞお通りください……」

「失礼します！」

業者のお兄さんは、しゃがみながらそろそろと脇へ逸れるまもりに一礼し、前を歩いていく。

やはり筋肉の御技か。これが噂の細マッチョというやつか。

「……何やってんだおまえ」

「大変かっこいいな……惚れそうだなと……」

「バカ言ってねえで働け」

スマホのカメラをかまえだすまもりの尻を、葉二はわりと真剣に蹴った気がする。

まもりは渋々、さぼり気味だった掃除を再開した。

クリスマスイブもクリスマス当日も、すべて返上して詰めた五〇二号室の荷物は、頼もしい引っ越し業者さんが、路上のトラックまで運んでいってくれているところだ。しかし、その後の部屋を退去できるレベルにまで綺麗にするのは、まもりたちの仕事なのだそうだ。

葉二いわく、ここでのがんばりが、明日の敷金返却につながるらしい。

スマホのかわりに雑巾を握って、リビングの窓と網戸をせっせと拭いていく。

「そこ終わったら、寝室もな」

「はいはーい……」

「照明器具も外しちまったから、暗くなったらもう身動き取れないんだぞ。早め早めにな」

「わかってますよ」

ジャージ眼鏡の鬼軍曹が、隙あらば後ろでチェックを入れてくるようなものだった。正直に言うと、かなりやりにくい。

「というか、葉二さんこそ、そこにいて何やってるんですか」

「俺か？　俺はだな――」

「――すいませーん亜潟さん！　ちょっとお時間いいですか」

引っ越し業者の人が、葉二を呼んだ。

「トラックに積み込みが終わったんですが、下で確認お願いできますか」

「了解です。すぐ行きます」

葉二は外面向けの真面目な顔になり、業者の人と一緒に部屋を出ていく。

ようは家主でないとできない確認ごとが、いろいろとあるらしい。

単なるお手伝いのまもりはため息交じりに、取り残された部屋の中を見回した。

家具と荷物が運び出されたばかりの１ＬＤＫは、ひどく埃っぽくがらんとして見えた。

この部屋、こんなに広かったのかと感心してしまうぐらいだ。

まもりの時は、入る時も出る時も、涼子の荷物が置いたままだったのだ。だからこうまで何もない間取りを見るのは、初めてだった。

網戸を開けてベランダに出ても、あれだけあった鉢やプランターが、一つもない。

柵から下を覗くと、引っ越し用の４トントラックが見えた。コンテナの扉が閉まり、スタッフが運転席に乗り込んでいる。

本当に運び出されてしまったんだな、一つ残らず。

「――おい。さぼんなよこら」

背後から、こつんと頭を叩かれた。葉二が、一階から戻ってきていた。

まもりは、柵の下を指さした。

「トラック、出発するみたいですよ」

「ああそうだな。これから神戸に向かって、明日の午前中に荷受けすることになってる」

「がんばれー」

なんとなくトラックに、手を振ってみた。

「人間もとっとと移動しねえと、あっちのトラックが先についちまうぞ」

「うわ大変。急がないと」

それから二人がかりで部屋をぴかぴかにし、最後に施錠して、鍵を一階にある管理会社のポストに投函した。

こちらでする作業は、これで全部とのことだった。

「んじゃ、行くか」

「ですね」

ここまで掃除に使った道具類と、一泊用の荷物を葉二の車に積み込み、運転席と助手席に分かれて乗り込んだ。

現在時刻は、午後五時前。このまま一晩かけて運転して、陸路で神戸に向かう計画だった。

「まさかまもりもついてくるとはな」

「だって向こうでも、人手は必要でしょう？」

何よりまもりは、向こうの部屋がどんな感じか、まだ見ていないのである。非常に見たいのである。

「帰りは新幹線乗って、一人で帰ってきますよ」

「おまえがそれでいいなら、別にいいけど」

「さー、ドライブですよ。長丁場なんですから、交代で運転していきましょうね」

「………うんまあ、その時が来たら頼むわ」

葉二は急に奥歯にものが挟まったような言い方になり、運転席のシートベルトを締めたのだった。

＊＊＊

甲州街道から首都高に入り、途中の名古屋でいったん高速を降りて、夕飯にした。遅めのディナーは味噌カツと手羽先で、ベタベタの名古屋飯を堪能してからビジネスホテルに宿を取った。

「──おい、起きろまもり。出るぞ」

「……むにゃむにゃ……まだ眠い……」

そして明け方頃にはまた出発し、名神高速、阪神高速とひたすら真っ直ぐな専用道路を走り続けること数時間。

「――山が近いんですねえ」

ようやくまもりの頭も働きだして、葉二にねだってハンドルを握ることになった。
進行方向の右手側に、ずっと見える山の稜線に目を細める。
すでに西宮や芦屋といった地名の看板を越えて、神戸市内に入っているはずだが、ここまでずっと同じような景色だった。

「六甲山地だよ」

「ああ、これが噂の……」

まもりの陳腐なイメージで思い浮かんだのは、阪神タイガースの球団歌。巨人ファンの父が見ると、複雑かもしれないあれ。
東京なみに建物が密集しつつ、視界にがっつり山もあるという光景は、関東平野の南に暮らすまもりには、あまり馴染みがないものだった。距離感のバグが起きそうというか。

「どこ行っても見えるからな。道迷った時に便利だぞ」

「そういうもんですかね……」

「あの山側から、瀬戸内の海側に向けて、電車が阪急、JR、阪神の並びで併走してるんだわ。山手に近いほど高級志向って覚えとくといいらしい」

「……横浜の山手とかと、似たような感じでしょうか」

「さあな。まあ雑にくれれば、そうなるんじゃねえの」

助手席で頬杖をつく葉二の解説も、だいぶ適当だ。

「たとえばおまえが住んでた川崎の立ち位置に、阪神の工業エリアがくるのか。そうなると三ノ宮駅が横浜駅になるのか？　元町に中華街あるしな。あながち間違いでもないか」

「うーむ……」

「まあ俺も勉強中だわ。話半分に聞いといてくれ。そこ、車線変更して、魚崎で高速降りるぞ」

「うわわわ」

慌ててハンドルを握り直して、集中する。

「下降りたら、コンビニ寄ってくれ。この後は、俺が運転した方がいいだろ」

「りょーかいでーす……」

やるべきことが一気に増えて、気を引き締めるまもりであった。

高速から一般道に降りると、あらためて葉二に運転のバトンタッチをした。

彼が言っていたように、一番海側に近い阪神本線の高架下を通り、高速からも見えていた六甲の山に向かって真っ直ぐ進むと、今度はJRの駅が見えてくる。

まだ朝の通勤時間帯なので、スーツ姿の人がいるわりに開いていない店も多かったが、スーパーや駅ビルも完備で、そこそこ栄えているように見えた。

「あれ、六甲道駅な」

「ほー」

「もう少し行ったら、阪急の六甲駅だ。通勤とかは、一応どっちも使える予定」

いわく、葉二の新しい職場は三宮にあり、ここから電車で十分少々らしい。大阪で一番大きな梅田の街にも、反対方向の電車で三十分とのことだ。

「いいですねー、通勤圏内」

自分が職探しをするにも、便利そうである。ついつい自分のことで、ソロバンを弾いてしまうまもりである。

これならおぼろげに考えていたあの計画も、現実味が出てきたかもしれない。

「あ、葉二さんちょっと待ってください」

「なんだ？」

「三分お時間ください」

その六甲道駅を通り抜けて、さらに山手へ向かって走りだしたので、まもりは慌ててストップをかけた。道の端に停車してもらい、目についた路面店へ飛び込む。

「——何買ってきたんだよ」

「ふふふ、パン屋さんは開いていたのでしたー」

まもりは助手席に座り直して、買ってきたパンの袋を葉二に見せた。ちょうど焼きたてが売り場に並んだところだったので、得した気分である。新しい部屋についたら、向こうで食べるのだ。

「ほんと抜け目ねえなあ」

「大事なことでしょう」

葉二が呆れながら、車を発進させた。

道はゆるい上り坂が続き、アパートや一軒家が並ぶ住宅街の中を、ゆっくりと低速で進んでいく。

「……確かこのへん……もう一本先だったか？」

「大丈夫ですか……」

「俺だって、一回しか来てねえんだよ。ああ、大丈夫だ。ここであってた」

葉二が車を駐めたのは、坂の途中にある低層マンションだった。

築年数は、『パレス練馬』よりも年季がいっているようだが、白い壁と青い瓦屋根がなかなかお洒落である。

敷地内の駐車場で車を降り、まもりはあらためて歓声をあげた。

「へー、可愛いマンション！」

「ここの二階。一番手前」

車に積んであった荷物を持って、あらためてエントランスがある歩道側に戻ってくるが、やはり可愛いと思う。『六甲壱番館』と、入り口に看板があった。

建物は四階建てで、部屋は二階だというので、そのまま階段で移動した。

一フロアの部屋数も、練馬に比べるとかなり少なめだ。

「2のA号室……ここだ」

「わくわくしますね」

「――そういや鍵貰ってたっけな」

「ちょっとちょっとちょっと」

「なんてな。そこまで間抜けじゃねえよ」

ちゃんとジャージのポケットから、新品の鍵を取り出してくれた。心臓に悪すぎる。

あらためてドアを開けて、中へ入った。

（おじゃましまーす……）

玄関で靴を脱ぎ、そろそろと薄暗い廊下を進んでいく。

「むっ、前方にドア発見。亜潟隊員、これはなんでしょう——なんと、トイレでした！」

「バカやってねえで進めって。後ろ詰まってんだから」

「えー」

せっかくの一番乗りなのに。もっと楽しもうではないか。

急かされながらリビングに入ると、ぐっと明るい日差しが、真っ直ぐに差し込んできた。

いわゆる角部屋なので、前より窓が多いのだ。

床はまだ新しいフローリングで、キッチンカウンターも壁紙も、染み一つない。古い外観に比べて、内装はかなりしっかりとリフォームしてあるようだ。リビングに面して、広いベランダも見える。

「おー、やっぱりベランダあるんだ。明るくていいじゃないですか」

サンダルがないので、掃き出し窓を開けるだけだが、目の前が専用庭と駐車場なので、遮るものがないぶん日差しもたっぷりのようだ。

方角的には南で、ここまで車で上がってきた、神戸の町並みが広がっていた。

「さすがに海は見えなかったわ」

あとから来た葉二が、まもりの肩に手を置いた。

「充分ですよ。そこまでいったら罰当たりますって」

坂の途中にあるおかげか、二階という高さのわりに、圧迫感はない。ベランダも、左右に避難用の隔壁があるタイプではないので、今までより広く使えそうだ。

「そうだまもり、ちょっとこれも見ろよ」

「え、なんですか」

葉二が手招きして連れていったのは、キッチンだった。

シンクの脇の、大きめの引き出しに手をかけ、「いいか、見てろよ」と溜めたっぷりにハッチを開けると、そこにあったのは――。

「わー！」

「食洗機」

見ればわかる。この中でお皿が勝手に洗われると噂の、時短マシーンではないか。

「リフォームして取り付けてあるって聞いてな、決め手の一つになったわけだ」

気持ちはわかる。まもりは頷き拍手した。

「いいなー、葉二さん。いいとこ住むんだなー」

「あとは普通に風呂場と、寝るとこと仕事部屋がある」

「え、二部屋にしたんですか」

「そう。小さいのでいいから、籠(こ)もれる場所が欲しかったんだよ。持ち帰りで作業するかもしれねえから」

そこでナチュラルに仕事を持ち帰る前提で語られると、少し心配してしまう。これから彼が新しく始めるという、デザイン事務所。あまり無理はしないでほしいのだが。

そして葉二の言う寝室は、リビングを出て廊下の反対側にあった。

六畳ほどの洋室で、隣に四畳半にも満たない小部屋もある。恐らくこちらが、葉二の言う仕事部屋なのだろう。そして――。

「葉二さーん。こっちにもベランダがあるんですが」

リビング側より小さいが、確かに寝室からも仕事部屋からも、窓を開けて外へ出られるのだ。目の前に、六甲の山も見える。

「そう。洗濯とかは、外干ししたかったらこっちに干せばいいだろ」

「リビングのベランダは、お野菜専用ってことですか」

「そういうことだ」

真面目に言い切られ、まもりは噴き出すしかなかった。

「……おい」

「…………ほんと、さすがはベランダ菜園オタクだ」

「何が言いたいんだよ」

食洗機ももちろん魅力的だろうが、本当の決め手は、こちらだったに違いない。

あのさんさんと差し込む日差しは、全てプランターと鉢のため。想像するだけでおかしさに腹を抱えていたら、葉二はすっかりふてくされてしまった。

「いいじゃないですか、別に。とっても葉二さんらしくて素敵なお部屋で」

「肩震わせながら言われてもな……」

「お買い物も便利そうだし。最高ですね、やりましたね」

満面の笑みで拍手を送り続けていたら、ようやく葉二は、機嫌を直してくれたようだった。

「……ただまあ、前より落ちるところはあるんだけどな。どうしても」

「え、何がですか。そんな風には見えませんけど」

「ないんだよこのへん。園芸店が」

ぼそりと低い声で、葉二は言った。

まもりは、目をしばたたかせた。

「園芸店っていうと……志織(しおり)さんの六本木(ろっぽんぎ)園芸みたいな？」

「そう。不動産屋に聞いても知らないって言うし、ネットで調べたかぎりじゃ、まともに営業してる店がなさそうなんだよな」

「それは確かに……不動産屋さんも、そこをピンポイントで聞いてくる人は少ないと思いますけど……」

病院やスーパー、学校ぐらいではないだろうか普通は。

「ここから車で十分ぐらいのところに、ホームセンターがあるみたいだから、そこの園芸コーナーでなんとかするしかねえだろうな」

「なるほど……」

もちろん、環境的にはそれでも充分恵まれているだろう。しかし、今までが良すぎたのだ。

思えば園芸の専門店として、売り場に並ぶ苗はいつも活き活きして種類も豊富。手入れが行き届いた商品に、専門家のアドバイスもついてきたのが六本木園芸であった。何か新しいものに手を出す時も、志織に聞けばなんとかなると思い切ってきた部分もあるのだ。

ああ失って初めてわかる、練馬と六本木園芸の素晴らしさよ。

「志織さんって、偉大でしたね」

「だな」

しみじみしてしまう。

「……まあ、仕方ないですよ。これはもう、独り立ちする時が来たんだって思いましょう」

「独り立ち……」

「そうです一人前になったんです」

不肖の弟子は、新天地神戸で、一人新しい野菜を育てるのだ。

「ほら見てください、葉二さん。あの雲、志織さんにそっくり」

「やめろ空を指さすな、志織さんが死んでるみたいだろ」

お空の志織が気さくな笑顔で、見守ってくれている気がした。

「あ、トラック来た」

さらにはマンション前の坂道に、どこかで見たような引っ越し業者のトラックがやってきた。ついに練馬の荷物も到着のようだ。

『パレス練馬』でまもりを惚れ惚れとさせた、細マッチョの筋肉引っ越し部隊のパワーは、ここ神戸でも遺憾なく発揮された。

あっという間に大量の家具や段ボール箱が部屋の中へ運び込まれ、葉二の受領サインとともに、トラックで去っていった。

「――さてと」

「あとは荷ほどきですか」

少し途方もない気分で、まもりは室内を見渡した。

搬入した家具や荷物は、大まかな指示で各部屋に分散して置いてはあるが、物を取り出して収納場所にしまうのは、まもりたちでやらねばならない。

どこに置けばいいかわからなかった、分類不能の段ボール箱群が、リビングのソファ周りにも積んである。このビニール紐で縛った傘は、どう見ても玄関に置くべきな気がするが、後半のぐだぐだでまとめられてしまったようだ。

「どこから手をつけましょうかね、これ」

「俺はパソコンとネット周りを先になんとかしたいから、まもりはキッチンからやっつけてくれないか」

「わっかりましたー……」

「大丈夫。すでに水は出るし電気もつく。後でガス会社と光回線の業者が開通の立ち会いに来るし、これで食器と鍋やかんが発掘できれば、最低限生きてはいけるだろ」

志が低すぎる。

しかしいざ作業を始めてみると、その最低限もなかなか難しかった。

まもりなりにがんばって荷物を片付けていくが、開けても開けても段ボール箱の山はなかなか減らず、そしてやかんが見つからなかった。

キッチンの印がついた段ボール箱を見ても、それらしい記名のものはなく、別の部屋に紛れこんでいるのかと見て回っても、何せどこも山積みなので、中心部に入っていたら手の出しようがないのだ。

(えー、なんでないの。あんな大きいの)

まもりは首をひねりながら、仕事部屋に顔を出した。

「葉二さーん、そっちでやかん見ませんでしたかー」

「……なんでここにあると思うんだよ」

葉二もまた潰した段ボール箱にまみれながら、作業用のワークデスクを組み立て直していた。天板の下にもぐりこんだまま、顔をしかめている。

「キッチンの段ボール箱にないんですよ。どこかに紛れてないかと思って」

「だからって、ここにやかんはないだろ」

「わかんないですよ。あるかもしれないじゃ——ああっ」

「まもり?」

突如重大なことに気づいてしまったまもりは、血相を変えて取って返した。

やばいやばいやばいやばい。焦りながらリビングルームを一周し、そして段ボール箱の山の陰に、問題のものを発見した。

「いやー、やっぱりだ」

「どうした、まもり。何があった」

「見てください、葉二さん。パン忘れてたー……」

悲鳴を聞いてすっ飛んできた葉二に、悲しい現物を見せる。

後で食べようと思って買った、JR六甲道駅前のパン屋のパンである。自分の荷物と一緒に置いてあったが、搬入のどさくさですっかり忘れてしまっていた。鞄の下敷きになって、ぺしゃんこになっている。

「そんなに嘆くほどのことか……」

「嘆くほどのことですよ。あーもう、せめてお昼に食べれば良かった。焼きたてだったのに」

まもりはほとんど半べソで、ソファに座り直した。ちなみに昼食は、外に買い出しに行く余裕もなかったので、ピザ屋のデリバリーかつ、その場で立ち食いだった。

袋に入っているのは、潰れかけのベーコンエピにアップルデニッシュ。もったいないので、今からでも食べてやる。

「……だからまもり、パンぐらいで泣くなよ」

「ちがいます、めっちゃおいしすぎて感動してるんです……！」

まもりは口をおさえ、涙目で反論した。

「なんてこと。そのへんの適当に入ったお店で、冷めて潰れてるのにこのレベル？　これが神戸の底力なの……？」

「そういう話なのか……？」

これで有名店の焼きたてなどを食してしまったら、細胞レベルで元に戻れないかもしれない。

「葉二さん、ほんっといいとこ越してきましたね。大正解ですよ」

「……はいはい、ありがとな」

それに——。

まもりは食べかけのアップルデニッシュをいったん置いて、今まで考えていたことを、葉二に伝えることにした。

まずはソファに座っていた足を折りたたみ、あらためてその場に正座をする。

「ねえ葉二さん。ちょっと折り入って、ご相談があるんですけど」

「ん？　なんだいきなり」

「私……これから就活が急がしくなるじゃないですか。説明会とかが解禁になったら、何度もこっちと東京を往復しなきゃいけなくなるし、だったらもう思い切って内定出るまでの間、拠点をこっちに移しちゃおうかなって思うんですよ」

一般企業の、表向きの募集開始が、おおむね三月頭から。もっと早くから動きだす企業もあるし、そのあたりで集中して入社試験や面接を受けて、何社か内々定を貰って五月に活動を終える計算でいけば、なんとかなる気がするのだ。

幸いにして、葉二の借りた部屋は、関西で就活するにはぴったりの立地である。

「大学の授業は？」

「卒業に必要な単位は、年明けの試験で落としさえしなければ、卒論以外は取得済みになるんです。ゼミに顔出す必要はありますけど、前期は教育実習とか就活で出ない子の方が多いから、たぶん私がいなくても平気のはず……」

「そこは『平気のはず』じゃなくて、ちゃんと確認しておけよ。単位の計算もな」

「それはもちろん」

違っていたら、洒落にならない。

「で、もし大丈夫だったら葉二さん……ここに泊めてくれませんか……？」

まもりは恐る恐る、頼みこんでみた。

しかし、肝心の葉二は「なるほどね……」と呟いただけで、小難しい顔は変わらなかった。

――やはり就活期間、まるっと居候は、図々しかっただろうか。基本は自力で往復して、最終面接の時だけ泊めてもらうとか、それぐらいならいいだろうか。

頭の中で、葉二のOKラインを探っていると、その葉二がまもりの横に腰をおろした。

「いいぞ別に、いたかったら好きなだけいろよ」

「ほ、ほんとですか！」

「というかな、ここ借りる時に、おまえの名前も入居者として、ちゃんと書いてあるんだよ。ほら」

そう言いながらまもりに渡してくれたのは、段ボール箱に入っていた賃貸契約書だった。

確かに葉二の名前に並んで、まもりの名前も書いてある。

「遠慮なんかしなくても、ここはまもりの家でもあるんだぞ」

ああ、そうなのか――。

ぶっきらぼうな葉二の説明と、目の前に書かれた書類の文字が合わさって、たまらなく
――嬉しかったのだ。

（……仕事部屋作るって、そういうこと）

ちゃんと葉二は、まもりと一緒にいる未来を、考えていてくれたようだ——。

「ありがとう葉二さん。すっごい嬉しい」

まもりは隣の葉二に、感謝を表明して抱きついた。

葉二はまもりを受け止め、こちらの髪に指をすべらせながらため息をついた。

「きっついな。あんまりこういうことされると、帰したくなくなるじゃないか」

彼はそう言って、あらためてまもりの頬に触れると、至近距離で見つめて唇を重ねた。

はじめは軽く、それからもう少し長く強く。

ソファの座面に押し倒されて、その上に葉二の体が、覆い被さるように乗った。

「ぜんぜん片付いてないですよ……？」

「どうせ一日で片付くもんじゃないし、今はこっちの方がいい」

「いけないんだ……」

しかしまもりも、苦笑しながら咎めるだけで、葉二の手を拒絶することもなかった。

そして——。

「おーい、ハニよー。入ってええかー？　ええよなー」

インターホンの連打とともに、明らかに誰かが踏み込んでくる音がした。

まもりたちは慌てて起き上がり、葉二は段ボール箱を飛び越え侵入者の攻撃に備え、まもりはソファの上で自分の格好をチェックした。幸いにして、おかしいところはどこもなかった。

「よー、晴れて関西入りおめでとう！　手伝いに来てやったでー」

リビングルームに顔を出したのは、満面の笑みの金髪男である。

この顔には、まもりも見覚えがあった。今は喪服ではなく、革ジャンと綿パンというラフな格好だが、葉二の元同僚だ。確か名前は羽田勇魚（はたいさな）といったか。

フローリングに立つ葉二が、その勇魚に向けて、腹の底から声を絞り出した。

「……何が手伝いだ。死にさらせや」

「うわ、こわっ。なんつー顔してんのよおまえ。こわっ」

「この世のありとあらゆる言語の『無粋』を集めて、おまえの家に届けてやろうか」

「そんな、俺はほんまに親切心で……お？」

引き気味に話していた勇魚は、葉二の後ろでソファに座るまもりに、気がついたようだった。

「ど、どうも。こんにちは……」

「……あー、こりゃ確かに、俺が無粋だったかもしれん。お取り込み中のとこ、誠に申し訳ない……」

「今さら遅いっての」

葉二は毒づき続けた。

「なんやー、このどえらいべっぴんのお嬢さんが、おまえの彼女さんなんか？　違ってたら大変やもんな。はは。どうも、ハニと一緒に仕事しとる、羽田勇魚と言います」

屈託のない笑顔で右手を差し出され、まもりはその場で握手をすることとなった。

「いつもハニには世話になっとる感じで」

「はあ」

小柄なわりに勇魚の手はがっしりと大きく、そして、なかなか握手と口上が終わらなかった。

「いやーほんま、ハニの野郎あなたに関しちゃ相当の秘密主義で、どんだけもったいぶるつもりや思うてたけど、こりゃ無理もないわな。幸せもんや相当」

息をするようにお世辞が出てくる一方で、何か穴が開くほど、見つめられている気がする。

勇魚は口元に手をあて、ぼそっと小声で呟いた。

「……ちなみに、どっかで会うたことあります？　いやこれ口説いとるわけやないねんで」

「おい」

「会ったことは……あると思いますよ」

まもりはようやく、返事をすることができた。ここまでは完全に、勇魚の喋りとペースに圧倒されてしまっていたのだ。

「去年の夏に、葉二さんの部屋の前で」

「そんな前？　去年の夏……って千崎さんの葬式ん時か」

「はい。直接お話とかは、しなかったと思いますけど……」

「えー、あの時に会うた女の子なんていたやろか……」

そこで勇魚は、ようやっと思い出したようだった。

「あ、あー！　隣のトイレットペーパー抱えた女子大生！」

「声がでかいぞ勇魚」

「はは。なんや。そうか、そういうことなんか。ははは、めっちゃ騙されたやないか俺。ハニおまえ、このどすけべが」

大笑いしながら、葉二をこづき、ばしばしと背中を叩きまくっている。

「ええやないか。大事にしてきた甲斐あったな」

葉二はそこでようやく、勇魚に向かって発していた殺気を、引っ込めたのだった。

「……野次馬するだけなら、間に合ってるんだが」

「んなわけないって。ちゃーんと差し入れも持ってきてやったで。ほら、奮発して神戸牛ちゃんや」

勇魚が持ってきた手荷物から、阪急のデパ地下のビニール袋が出てきた。

「牛、うし、ビーフ」

「……別に迷惑とは言わんがな、鍋もやかんもまともに発掘できてないってのに、どうしろっていうんだ」

「心配ご無用。おまえがそう言うと思ってな、クッキングヒーターとすき焼き鍋も一緒に持ってきた！」

さらには激安の殿堂、某黄色いショッピングバッグに入った平たい箱も、彼のものらしい。

入ってくる時、やたらと大荷物だなと思ったのは、そのせいのようだ。

「……用意いいな」

「はっはっは。どうせ持っとらんやろ？　俺からの引っ越し祝いや。これで祝杯といこ」

にこにこ笑って言うのである。

どうも根本的に悪気というものが存在せず、憎めない感じの人であるというのは、まもりもなんとなくわかるのだ。

まもりたちは、顔を見合わせた。

「どうするまもり。これから材料の買い出しにでも行くか？　探検がてら」

「そーですね。それがいいんじゃないですか」

そういうことになったのである。

これでも勇魚は、デザイナーとしてのセンスはピカ一なのだという。

そんな天才肌の彼を伴って、初めてのご近所探検は、すき焼きの具を求めてのお買い物となった。

玄関の鍵（かぎ）を閉めて、三人で階段を下りていく。

「確かこの先に、六甲本通（ろっこうほんどおり）商店街なる商店街があるはず」

「なるほど。行ってみましょう」

スマホのナビに従いつつ、路地の坂道を下りていくと、確かにアーケード付きの立派な商店街が見えてきた。

ふだんの買い物は、ここですることになるのだろうか。

どきどきしながら入ってみると、中は個人商店の飲食店にパン屋に各種クリニック、弁当屋なども一通りそろって、なかなか便利そうな感じだ。

「お、あの焼き鳥屋がうまそうや」

「今は買い出しだっての。そこの店入るぞ」

葉二は勇魚の言葉をさっくり無視し、アーケード内にある、地元御用達のようなスーパーの自動ドアをくぐった。

さて。一般に西と東では、商品ラインナップが微妙に違うと噂に聞くが、どの程度の誤差なのかは、見てみないとわからない。まもりも賭になるとは思っていた。

まずは、入ってすぐの野菜売り場。

「……相場は、そんなに変わらない感じですね」

「だな。おまえんとこは、すき焼きって言ったら何入れる？」

「えー、まずはお肉でしょ、野菜は春菊と椎茸とエノキと、おネギかなあ」

「うちとそんなに変わらんな。春菊、キノコとネギ類……やっぱこっちは長ネギじゃなくて青ネギがメインか」

「長ネギ？」

「青ネギ？」

なぜか勇魚とまもりが、同時に聞き返した。

「あー、ようするにだ。一般にネギってのは青い葉の部分をメインにして食う青ネギと、白い部分をメインにして食う長ネギの、二種類があるわけだ。こっちとこっちな」

葉二は言って、売り場の手前に山と置かれた青ネギの束と、奥にひっそりと置かれた長ネギの束の、両方を手に取った。

恐らく関東だったら、この配置は逆になるような気がする。

「なんや。長ネギって、白ネギのことか」

「そうとも言うな。東京じゃ、だいたいネギっていや、長ネギのこと指すから」

「青ネギって、緑の部分が多いけど、万能ネギよりは太いんですね」

まもりにとっては、こちらが新鮮だった。

「あとは京野菜の九条ネギも、青ネギだな。東京でも売ってるけど、ちびっとしか入ってなくてくそ高いぞ」

「き、九十八円で大入りの九条ネギが売ってるんですけど……！」

「後で買うか。すき焼きにも入れてやれ」

「……ねえおまえら、なんでそないに視点が所帯くさいの？　新婚さんですらない感じよ？」

何か勇魚が、会話に交ざりきれないまま呟いた。しかしそう言われても、まもりたちはこと食に関しては、ひたすら自炊メインで料理を続けてきたのだ。どうしたって食材には敏感になってしまうのである。

野菜売り場を見たら、次は加工品の売り場へと向かう。

「あとは焼き豆腐と、白滝か糸こんにゃくってとこか」

「もち麩は入れんの？」

「もち麩？　まあいいや、おまえも食いたい具があったら、適当にカゴに入れる方向で」

「おーけい」

「──ちょっ、葉二さん。大変です」

そして先に調味料コーナーに行ったまもりは、危機感に声をあげた。

「どうしたまもり」

「ソースが……ブルドックソースが棚ごとない……」

「なんだと」

醤油を見にいったつもりだったが、これは見逃せなかった。

「中濃ソースが少ないのは、覚悟してました。むしろ中濃はちゃんとありました。でもブルドックが……」

「なあ、なんで犬の話しとるの？　ソースはイカリかどろソースやろ？」

日本は広い。そして意外と深い。当たり前だと思っていた食卓が、あくまで一ローカルでしかなかったと、外に出て初めて知るのである。


店内を一周したところで、葉二が聞いてきた。

「どうだまもり。一通り売り場と相場は、把握したか」

まもりは、神妙な顔でうなずいた。

「はい、だいたいは。おうどんは安定と信頼のラインナップで、思ったより、お蕎麦の市民権はあるようです。調味料は、物はあってもメーカーの違いを覚悟して買う必要がありそうです」

「そんなとこか。あとはまあ、この店だけで決めるのもなんだし、駅前にあったスーパーも覗いて、良さそうな方で買い物するか」

「いいんじゃないですか」

「ちょっ、待てやおまえら。ここから梯子すんのか」

「しないと調査にならねえだろ」

「ケチくさ！」

勇魚はブーイングを上げたが、方針は変わらなかった。何せこれは、明日のためのお買い物クエストでもあるのだ。

ＪＲ六甲道駅前の、大きめのスーパーにも足を運び、そちらのラインナップも吟味した。検討の結果、今回は一から材料をそろえる必要があるので、品数が豊富な駅前に軍配を上げた。商店街には戻らず、そちらで夕飯の材料を一式購入した。

全部でビニール袋三つになった野菜や調味料を、三人で分担して持って、来た道をまた戻る。

「そういやまもり、割り箸って買ったか？」

「買ってないですけど……私、お箸を段ボール箱から出して、食器棚の引き出しにしまった記憶が」

「あるのか。わかった。信じるぞ」

「……いえ、待ってください。念のため購入しても罰は当たらない気が……」

「どっちなんだよ」

六甲道駅の反対側へ出るべく、高架下をくぐろうとした時だった。

まもりはそこで、何かに呼ばれたような気がしたのだ。

「……どうした？」

「葉二さん、あれ……もしかしてお花ですかね」

「花？」

駅から向かって、左手。JR神戸線、三ノ宮駅方面行きの高架に沿って走る道だ。

この手のガード下につきものの、飲食店やコインパーキングなどが軒を並べているが、それらの店からだいぶ離れたところに、何やらプランターの花があふれているような気がするのだ。本当にその一帯だけ。

同じ方向を向いた葉二の、黒縁眼鏡のレンズが、夕日にかすかに光った。

「勇魚、悪い。ちょっとこれ持っててくれ」

「すいませんお願いします」

「は？　な、なんやおまえら二人して！」

買い出しの荷物を勇魚に預け、まもりたちはその花らしきものを確かめに行った。

もしかしたらという期待と、いや期待しすぎるなという理性で、胸がざわざわした。

そして実際に近づいてみた結果、まもりたちは——賭に勝ったのである。

「……苗だ」

「お花だ」

「野菜苗も売ってる」

ＪＲの無骨な高架下の、味もそっけもない灰色のスペースに、本当に嘘のような唐突さで、草花の苗が並んで販売されていた。

「えー、嘘。ちゃんとあるじゃないですか、園芸のお店」

「待て、落ち着け。売ってりゃいいってもんじゃねえぞ」

それはそうだった。肝心の物が良くなければ、あったところでなんの意味もないのだ。

あらためてまもりたちは、売っている苗を、真剣にチェックする。

「――ぴかぴか！　定期的にお水あげてる様子あり！」

「値段も良心的だな」

お互い、顔を見合わせる。これはいけるのではないだろうか。

店頭に出ている苗だけでなく、奥には肥料や鉢が並ぶスペースも充分あり、園芸店の機能としてはなんの問題もない。看板がわりのつもりか、端に無造作に置かれた、信楽焼（しがらき）のタヌキすらも味に見えてくる。

「よっしゃ。いけるぞ……」

葉二が、くつくつと不敵に笑いながら、拳を握りしめる。まるで悪の秘密結社の幹部が、世界征服の悪巧みでもしているような顔である。

「なんだよ。これにホームセンター組み合わせりゃ、断然勝てるぞ。いけるじゃねえか……」

「そもそもなんでこれで葉二さんの検索に、ぜんぜん引っかからなかったんでしょうね。不思議すぎます」

「いや、わからん。それっぽいのはヒットしたけど、営業してる様子がまったくなかったんだわ。写真もこんな気合い入れたもんじゃなくて、車と駐車場が写ってたんだぞ」

「もしかしてタヌキに化かされてる……」

蜃気楼の園芸店。

思わず生唾をのみこみ、信楽焼のタヌキを振り返るまもりである。あなたのせいですか、タヌキさん。

「何かお探しですか？」

そこに店の奥から、店員らしい人間が出てきた。

「志織さん……」

「え？」

まもりたちは、今度こそ化かされている気分になった。

『グリーンわたぬき』と書かれたエプロンと、着ているシャツの上からわかるほど筋肉質の体軀。短く刈り込んだ茶髪にオシャレ髭まで生えていて、その風貌は東京の六本木志織にとても似ていたのだ。

「すいません。もしかしてご親戚に、東京で園芸店とかやってる人はいらっしゃいますか？」

「いえ……そういうのは全然……」

人違いで、オネエでもまったくないようだ。

しかし何かこれは、運命のような気がしてくるのだ。

まもりと葉二は、あらためてその店員に向かって姿勢を正した。

「失礼しました」

「これから末永くよろしくお願いいたします」

「はあ……」

せっかくなので、売り場で新しい鉢とプランターを買い、土と葉物の種まで購入した。

ほくほくしながら、高架下の店を出る。

「収穫だ」

「大漁です」

赤玉土と腐葉土をかつぐ葉二と、空の鉢とプランターを重ねて持つまもりは、非常に満足していた。うっかり当初の目的を、忘れるぐらいだった。

「そういや勇魚は?」

「――あっ、あそこに!」

羽田勇魚は、三人ぶんの荷物を持たされ、電柱の下で口笛を吹いていた。

メロディは物憂げな短調で、非常に可哀想なことをしてしまったのだった。

「――もうええ。俺はみそっかすの、孤独な男や。誰も俺のことなんて、思い出しもしないんや」

マンションに戻ってきてからも、勇魚の落ち込みは激しかった。

「本当にすみません」

「かなしーなー。一人はかなしーなー」

「ああぁ」

「そのへんにしとけ、まもり。かまってもらえたらもらえたで、調子にのるんだこいつは」

葉二がキッチンで野菜を切りながら、すげなく言った。

「放置した人間がよう言うな」

勇魚もソファの上から、反論をする。

「それでも飯の支度はできたぞ。食うんだろ、高い肉のすき焼き」

葉二がキッチンを出てくる。荷物から発見できなかった金属製バットの代わりに、ドンブリ二個に野菜を盛っていた。

そして段ボール箱に囲まれたダイニングテーブルの上には、すでに勇魚が贈ってくれたIHのクッキングヒーターと、すき焼き鍋がセット済みだった。

「ん、もちろん食うで」

「んじゃこっち来い、二人とも」

存外素直に、勇魚は機嫌を直した。

「ハニさんは、けっこう家事する方なのな」

「するっていうか、自分もするし相手にもむちゃくちゃやらせます」

「仕事と一緒やんそれ」

「誰か取り皿持ってきてくれ」

テーブルで一番存在感があるのは、やはり竹の皮に包まれた和牛、神戸ブランド様だった。広げると白と赤がまだらに混ざった、綺麗な薄切りの肉が登場する。

「……こ、こういうのなんて言うんでしたっけ。赤身と脂身が分かれてるんじゃなくて全体にまんべんなく散ってる」

「サシが入ったって言うんだろ」

「そうそれ！」

　イッツ高い肉。心が躍るやつである。

「ほんならまー、まずは牛脂で肉を焼いてきましょかね」

勇魚が言って、その肉に付いてきたラードを、すき焼き鍋に落とした。熱して油を溶かしてから、じゅうじゅうと肉を焼きはじめる。

「……あれ？　焼き肉にするんでしたっけ？」

「いや、すき焼きやろ？」

「すき焼きなのに？」

「へ？　すき焼きを焼かんで何を焼くの」

「それは焼き肉」

「せやからそれは――」

「ああ、ちょっと待ておまえら。こんがらがってくる」

　まもりと勇魚の終わりなき言い合いに、葉二がストップをかけた。

「勇魚。まもりが言ってんのは、たぶん関東タイプのすき焼きのことだ」

「なんやそれ」

「まもり。おまえんとこ、割り下を先に入れるのか」

「そうですけど」

　まもりは二十一年間、それで生きてきたのである。

「なるほどな。さすがは牛鍋発祥の地、神奈川県民ってとこか。ネギの種類もそうだけどな、すき焼きも作り方が、西と東じゃ微妙に違うんだよ。関東じゃ先に割り下っていう調味料を入れて、そのあと肉も野菜もぶち込んで、煮込んだもんをすき焼きって言うんだ」

「そうですそれです」

「……はー、噂に聞いちゃいたけど、マジなんやな。そんな汁だくでぐらぐら煮たら、鍋もんやんそんなん」

「おまえだって、東京いた時すき焼き食ったことあったろ」

「……そういや、定食で煮込まれ済みのもんばっか食っとったわ。妙に汁気が多い思うとったら」

「良かったたな、謎が解けたじゃないか」

「うわー……」

勇魚は、思い当たることがあったのか、愕然とした顔をしていた。

「せっかくこっち来たんだ。今日は勇魚のやり方で作ってくれよ」

「そうかあ？」

「あ、お願いします。わたしも食べてみたいです」

まもりからも頼んでみた。

頼みこまれて気分が上がったらしい勇魚は、わざわざ腕まくりをして、菜箸を持ち直した。

「ほんならまあ、このまま鍋奉行をやらしてもらいますよ。ええですか。まずはお肉ちゃんの表面をこう、こんがりと焼いとくわけですわ。ウチガワに旨みを閉じ込める感じで」

「ふんふん」

「すかさず砂糖と醬油を——おいハニ！　ぼさっとしとらんで買っておいたシュガーとソイソースは！」

右手だけで調味料を要求するので、葉二が横から渡してやっていた。怖い般若の面から、再び柔和な翁の面に戻った勇魚は、にこにこ笑いながらすき焼きを作り続ける。

「ええ感じに焼けたところに、砂糖と醬油を直接どばっといきます」

「そのまま？」

「そう。量は心配になるぐらいの量で問題ナシ」

「お水は入れないんですか」

「入れないんやなあ。この後入れる野菜から出る水で、充分薄まるから。ええと、切った野菜は九条ネギと人参(にんじん)とキノコ類に春菊か」

勇魚がはたと止まった。

「なあ、俺が入れた白菜と玉ネギは？」

「あれすき焼き用だったのか？」

「あたりまえやんハニ」

再び般若へ。

「なんのために俺が、わざわざカゴに入れた思うとるんや、クソダラが！　ちょいと鍋見とき」

勇魚は光の速さでキッチンへ飛び込み、そのまま白菜と玉ネギを刻んで戻ってきた。

「これね、こういう水と甘みが出る野菜が重要なんよ。こっちゃ『割り下』さんとか使わんからね」

「な、なるほど……」

「白菜の芯と、輪切りの玉ネギと、九条ネギの白いとこを先に入れて、もうちょい砂糖と醤油足しとこうか。濃すぎたら日本酒で調整して。肉が硬くなりそうなら、皿か野菜の上にでも避難させとこうな」

「……本当に、お鍋の中だけで味付けしてくんですねえ」

「そや。その通りや栗坂ちゃん」

勇魚はにかっと笑った。

「後からなんぼでもリカバリが利くから、料理ベタなやつには優しい食いもんやで」

「ほほう……それは素敵です」

そう言われると、まもりにも向いた方式のような気がしてきた。

砂糖と醤油が溶け合い、白菜の芯などからも水が出てきて、鍋の底がぐつぐつと言い始めたところで、勇魚は残りの野菜と、白滝ともち麩を入れた。

「この、白くて丸っとしたものはいったい……」

「ええからええから、食った時のお楽しみにしとき」

もち麩は、どこまでも謎の食材であった。鍋の中に入れるとやわらかくなり、どんどん周囲の汁を吸って膨らんでいくのだ。

あらかじめ割り下で煮込む関東式と違い、やはり最終的な水気は少なめかもしれない。

「そろそろいいんじゃないか？」

「そやな。各自、生卵よーい」

取り皿に入れた、生卵を三人とも手にする。コンと一叩きして、卵を割り入れる。箸でしゃかしゃかと混ぜる。

「さあ早いもん勝ちや。どんどん食ったれー」

「ぎゃー」

かくして、戦いの火ぶたは切られた。成人男性二人に負けないよう、まもりもがんばって参戦したのだった。


（まずはー、お肉から行きますよ）

好きなものは最後に取っておく派のまもりだが、この手の鍋ものでそれをやるほどバカではない。がっつり本命の、神戸牛からいただいていくことにした。

溶いた卵に、砂糖と醤油で焼き付けた薄切りの牛肉をひたして食べる。

「むむ」

硬いところがまったくなくて、やわらかい。適度にサシの入った和牛肉は、口の中でとろけるようだった。

「……くっはー、すんごいもの食べた感じです……」

赤身のようで赤身でない、脂身のようで脂身でない、この柔らかさと旨みはどう表現すればいいものやら。

「玉ネギも、意外とすき焼きに合うのな」

葉二は肉を食べつつ、他の具も気になっているようだ。

「これ入れたらもう牛丼と変わらねえだろって、わざわざ入れたことはなかったんだが……あれより大きめに切りゃいいのか。食いでがあるし」

「そう。こっちゃ淡路が近いねん。しっかりメイン張れるでー」

勇魚は笑って、玉ネギの名産地の名をあげた。

言われてまもりも食べてみたが、確かにやや厚めに切った玉ネギは味が濃縮されて、大変甘くなっていた。長ネギとはまた違う歯ごたえである。

最後の方に入れた九条ネギは、食感がやわらかいので、牛肉や生卵との馴染みが抜群だ。一緒にからめてわしわし行ける。

そして、ずっと謎に思っていたもち麩。

これは鍋の汁をはぷはぷに吸いこんだお餅のようで、まもりは一口食べて気に入ってしまった。続けて二個目を食しながら、目を輝かせる。

「そんなにうまいか」

「はいとても」

お肉と野菜のエキスを存分にためこみ、ぼんやりした外観ながらリッチなお味。いいじゃないかお麩。

「次は、うちで作ってたやり方で作りますよ、関西式すき焼き。いいじゃないか、勇魚さん」

「はは、楽しみにしとるわ」

勇魚は笑いながら、うどん玉の袋を開けた。

「……うどん？」

「そろそろ締めの準備の頃やろ」

「おうどん入れるんですか!?」

「入れるやろ。生卵みんな入れて、とじて食うんや」

「わー……」

言われて試してみれば、また新しい味に出会えるのである。

おいしくぺろっとすき焼き鍋（なべ）を空にして、味付けに使った日本酒のワンカップも空にして、羽田勇魚はご機嫌なままマンションを出ていった。

「ほんじゃまた年明けにー。ええお年をー」

まもりにもそう挨拶(あいさつ)をしてくれたが、たぶん次に会うのはだいぶ先のはずだ。一緒に仕事を始める、葉二はともかくとして。

「けっきょくあの野郎、鍋つつくしかしてねえじゃねえか。わざわざ何しに来たんだか」

「まあまあ」

「せめて片付けぐらい手伝って行きやがれよな……お、あったぞ」

食後のリビングルームで、葉二は段ボール箱を開けながらぼやいている。そして目的のものが見つかったようで、立ち上がってベランダへ向かっていった。

まもりはまもりで、食べ終わった皿を食洗機にセットしながら、考えるのだ。

(面白い人だよね、勇魚さん)

こちらで一緒に起業しようという人なのだから、いくら憎まれ口を叩こうが、葉二にとっては大事な人なのだろう。基本上から目線になりがちな葉二と、対等に言い合っている姿は新鮮でもあった。戦友と書いてトモと読むと思うと、無駄に格好よい気もする。

そして食洗機は皿の配置が終わったら、専用の洗剤を入れて、ハッチを閉めた。

マニュアルに従って操作ボタンを押していったら、不意に『ぐおん』と食洗機が鳴き、中で何やら動きだした。

「おおー」

　動いた。動いたぞ。

　これで汚れ落としから、乾燥までお任せできるのか。素晴らしいぞ文明の利器。

「葉二さーん、なんかすごいですよ食洗機」

　まもりは、この感動を届けようと、葉二の後を追った。

　当人はジャージ姿の広い背中を丸め、ベランダで何やら作業をしていた。

　どうやら段ボール箱を漁っていたのは、収穫三点セットのヘッドライトが必要だったからのようだ。ライトで手元を明るく照らしながら、買ったばかりの腐葉土と赤玉土を混ぜている。

「何やってるんですか？」

「まあちょっとな。ネギのやつを植えてやろうかと」

　混ぜ終わった土を鉢に入れたら、今度はすき焼きを食べる時に切り落とした、九条ネギの根元の部分を、田植えのように植え付けていく。

「あ、なるほど。全部根っこ付きで、もったいなかったですもんね」

「これなら、そのうち根付いて再生してくるだろ。すき焼きにしてもうまかったしな」

「確かに……」

玉ネギや春菊、白菜とともに、すき焼きの名脇役としての務めを、立派に果たしてくれていた。

仕上げに軽く、水もかけてやる。

九条ネギは青ネギではあるが、細ネギの万能ネギほど華奢(きゃしゃ)ではないので、土に根付く前にしおれて枯れる心配もなさそうな点も、頼もしくて良かった。伸びてきたところをまた切って、収穫できるはずだ。

まもりは葉二の隣にしゃがみこみ、一緒に植わった鉢を眺めてみた。

澄んだ冬空に、星がいくつか光っている。

「引っ越し第一号ですか」

「そういうことだな」

新天地で最初のベランダ菜園は、西の青ネギの再生から始まったのだった。

のんびり過ごしているうちに、あっという間に新幹線で帰る時刻がやってきてしまった。

葉二は六甲道駅前まで、まもりを送ってくれたが、それでも心配のようだった。

「本当にここまででいいのか？　新幹線のホームのところまで、ついていってもいいんだぞ」

「別に平気ですよ。このまま電車乗って、一本なんですから」

「本当か？」

いくらなんでも、迷いようがない。信用がないにもほどがあった。

「大阪駅じゃなくて、新大阪駅だからな？」

「ああもう、聞いてくださいい葉二さん。新大阪駅、５番線ホーム着。そこから26番線ホームに移動して、新幹線の『のぞみ』に乗る！」

「わかった気をつけろよ」

「逆に東京から新大阪駅についた時は、８番線ホームから神戸線快速に乗る！」

どうだ暗誦も完璧だ。いつでもここと練馬を、往復してやる所存だった。

お子様扱いするなと、鼻息が荒くなるまもりに対し、葉二は苦笑気味に目を細めるだけだった。見ようによっては、どこか寂しげで。

「単にちょっとでも離れる時間を先に延ばしたいっていう気持ちは、俺のわがままか」

こんな風に真っ直ぐ打ち明けられたら、息が止まってしまう。

まもりは、その場でうつむいた。蚊の鳴くような声で、言った。

「…………わがままじゃない……」

「それならいいんだけどな」

「やだもう、考えないようにしてたのに……」

たかだか数百キロの距離。今までずっとお隣だった人が、そうじゃなくなるだけだ。暗誦できるまで経路を叩きこんで、すぐに行けると言い聞かせて気持ちを紛らわせてきたことなんて、知られたくなかった。

葉二が、湿っぽいため息をつくまもりの頭に、手を置いた。まもりが、そうやってこちらをなでる葉二の右手を、自分の頭をおさえるようにつかまえる。

「二ヶ月たったら、また来ますから」

「そうだな。待ってるぞ」

「うん、葉二さんもがんばって」

「まもりもな」

小声で約束をかわして、やっぱりその場で別れて、目の前の駅に向かった。

途中で振り返ることだけは、しちゃだめだとがまんをした。

そのまま快速で新大阪駅まで向かい、最終の新幹線に乗り込んだ。

ここに来るまで窓の向こうはずっと夜で、朝に見えていた六甲の山々も、何もわからず真っ黒に塗り潰されていた。

新幹線の中では、就活の自己PR文の推敲と、年明けの試験に備えてテキストを読んだ。それも終わってうとうとしかけた頃、終点の東京駅に到着した。

見知った在来線をいくつか乗り継いで、練馬のマンションに戻ってくる。

時間を確かめると、すでに深夜十二時を過ぎていた。

まもりは自分の部屋の鍵を開ける前に、ふと思いたって隣の——五〇二号室の部屋の前に立ってみた。

ただ立つだけでは飽き足らず、壁のインターホンなども押してみた。

当たり前だが、なんの反応もなかった。

(あった方が怖いよ)

ここには今、誰もいないのだから。

まもりは、空き室となったドアを見つめ続けた。

しっかりしないといけない。弱気は厳禁だ。

これから二ヶ月なんてあっという間で、その間もその後も、やるべきことは沢山あって、甘ったれている暇など何もないのだから。

本当にもう、しっかりしろわたし！

その後の小話

十二月二十八日は、世間的には仕事納めの日だ。すでに具志堅湊(ぐしけんみなと)が通う律開大学(りつかいだいがく)は冬休みに入っていたが、今日は大学通り沿いのカフェにいた。

テーブルに置いたスマホの待ち受けが、午後の二時半を指した。

(……そういえば、前にまもりから話聞いたのも、この店だっけ)

湊はコーヒーを飲みながら、妙な既視感の理由に気がついた。

親友のまもりに真面目な顔でお茶に誘われ、『湊ちゃん。わたしプロポーズされた。関西で就活して、あっちで結婚すると思う』と打ち明けられた時は、そりゃあ驚いたものだ。大げさに言うなら、腰が抜けたというやつである。

「ごめん湊ちゃん、遅れた」

物思いにふけっていたら、問題の友人が現れた。

白いカシミアのマフラーと、ケープ風のベージュのコート。外気との差で顔を赤くしながら、まもりが笑って席につく。

「はー、外寒かったねー。雪降らないといいね」

まもりは一見して元気そうで、いそいそと手元のメニューをめくる姿は、湊の微妙な葛藤とは別の場所にいるように見えた。

湊は、忘れないうちに本題に触れた。

「これ、まもりに借りてた本。ごめんね手間かけさせて」

学部の教授が書いた学術書で、講義で使うと指定されていたものだが、お高いので手分けして購入したのである。

「そうそう、これこれ。どうもありがとう湊ちゃん。これでレポートが書ける！」

「まもりがお礼言ってどうすんの。悪いの私なんだからね」

「だってさ、つい」

「いいからなんか頼みな。私が奢るから」

「ラッキー」

まもりはやって来た店員に、ホイップクリーム入りのココアを頼んだ。注文の品が運ばれてくると、嬉しそうに目を細め、まずは匂いをかいでいる。

「そうだ。わたしもね、湊ちゃんにお土産渡したいんだよね」

「え、なに、どっか行ったの？」

「うん、あれから神戸まで行ってきたんだよ」

「は？　マジで？」

「葉二さんの引っ越しの手伝いに。昨日の夜に戻ってきたの」

――なんでも。彼氏の車の輸送がてら、夜の高速道路を延々と飛ばし、途中ビジホに一泊して神戸入り、かつ荷ほどきだけ手伝って即とんぼ返りという行程を聞いて、目眩がした。それはもはや、旅行でもデートでもなんでもないではないか。

何より、その苦行のようなハードスケジュールを目の前のふわふわした友人がやったというのが、信じられなかった。

「……よくやるさー……」

「でも見てみたいじゃん、どんなとこか。どこにも寄れなかったから、新大阪駅の売店で買ったのでごめんね。たこ焼きクッキーってどんな味なんだろうね」

まもりのよくわからない土産物の説明も、あまり頭に入ってこなかった。

こちらが知らないうちに、例の毒舌園芸ジャージの起業計画があったのもどうかと思うし、まもりが夏の間インターンシップで苦労しているのを、黙って見ていたのかよあの男と思うと、一言どころではなく苦言をぶつけてやりたくなるぐらいだ。

自分が同じことを周にされたら、正直許せる自信はない——ただ、まもりはプロポーズされたことが全てで、それでたいていのことは許してしまっているようだった。

本当にお人好しというか、亜潟葉二のことが好きなのだろう。

もちろん湊も知らない事情はあるだろうし、恋は盲目という言葉も好きではない。しかし、今の彼女は手持ちのコインを全額ベットする勢いで走りはじめてしまっているようで、たまに心配になるのだ。

お茶を飲み終えてから店を出て、湊はまもりに聞いた。

「このあとどうするの？　買い物でもしてく？」

「ううん。私は、ちょっと大学の方に顔出してくるよ」

「今から？」

「うん。図書館でレポートの調べ物と、キャリアセンターに用事あるから」

「そうなんだ。がんばるね……」

「まあね。どっちも落とせなくなっちゃったからね」

このどこか気を張った笑顔が、ただ笑顔のまま終わってほしいと、心から思う。

（大丈夫だ）

湊は、もやのような不安を追い払う。

私の友人は、栗坂まもりは、コミュ力もあるがんばり屋だ。話せばいい子だとすぐにわかるし、インターンシップでちょっと働いたぐらいで声がかかるぐらいなのだから、今のままで就活を進めれば、内定の一つや二つ、簡単に出るだろう。

だからどうか、彼女が彼女のまま歩けますように。

不運な石ころなどに、つまずいたりしませんように。

おせっかいに祈りながら、その日は別れたのだった。

三章　まもり、お祈りの言葉は聞きたくない。

神戸は坂と風の街だ。

六甲山系の山頂から吹きつける突風を、俗に六甲颪と言う。冬は北風、春は東風、秋は台風と、夏を除けば年がら年中強風にみまわれている神戸一帯だが、二月末に吹くこの手の風が厳しいことに異論はないだろう。

そして神戸三宮の北野坂と言えば、多くのカフェや洋館が点在する、観光スポットの一つだ。それなりに急な坂道の、冷たい北風が正面から吹きつけてくる歩道に立ち止まり、熱心にスマホをいじっているのは大抵観光客である。この次に行く西洋館の場所の確認か、インスタ映えの瞬間を狙っているかは知らないが、さっさと暖かいところに移動したい人間としては、大変に邪魔だった。

（はい、ちょっとそこをどいてくださいね、と）

今日も秋本茜は、慣れたフットワークで女子大生のトラップを突破する。

ヒールと巻き髪に命をかける神戸ファッションの彼女たちに、スニーカーとリュックサックの茜の機動力が負けるわけがなかった。手にはA3の見本が入る、デザイナーズケースまで持っているのだ。

歳は二十四。デザインの道に入って三年目。今年に入って、新しいデザイン事務所に転職をしたばかりだ。

観光客だらけの北野界隈の路地を途中で曲がり、レトロな外観のマンションをエレベーターで上がっていくと、その転職先のオフィスがある。

「秋本、ただいま帰還しました――」

無風で暖房がきいた室内が、ただただ愛しい。

このデザイン事務所『テトラグラフィクス』は、立ち上がってまだ二ヶ月足らずの、できたてほやほやの株式会社である。ワンルームのオフィスは椅子も机も真新しい匂いがして、リースのコピー機すら初々しく見えた。

「打ち合わせお疲れ様です」

「ほいお疲れさん。飴ちゃんいる?」

立ち上げのメンバーは、茜も気心の知れた人ばかりだ。前の会社で先輩だった羽田勇魚チーフに、同じく一緒に転職したアシスタントの小野このみ。

ようするに、前の会社の方針や処遇に不満だった一派が、謀反を起こして独立したと考えるとわかりやすいかもしれない。一部関係者からは、羽田の乱と呼ばれているとかいないとか。

茜は自分の机に荷物を置き、わかりやすい『大阪のおばちゃん』の真似をする勇魚から、いちごの飴をもらう。

「そういえば私も、打ち合わせしたＭＫフーズさんから、サンプルのお菓子もらったんですけど」

「おっ、ええねええね」

「せっかくだから、お茶も入れましょうか」

アシスタントのこのみが、気をきかせて立ち上がった。

我らが『テトラグラフィクス』は、マグカップに電気ケトルのお湯ではあるが、スティックコーヒーとスティック紅茶の種類には定評があるのである。ささやかな福利厚生だ。

各人好きな飲み物を用意し、茜が取引先から貰った謎の新商品を休憩コーナーのテーブルに広げ、そこまでやって肝心の人に声をかけていないことに気がついた。

「あのー、社長。お菓子があるんですけど、休憩しませんか」

オフィスの奥で、一人黙々とパソコンのモニターを睨み続けている渋面の男。名を亜潟葉二と言った。

一応この事務所の中では一番偉く、代表取締役という肩書きがついている。

服装規定があってないような職場で、常にブランド物のジャケットとぴかぴかの革靴を絶やさず出勤してくる、非常に顔のいい関東人だ。

「社長——」

「いらない」

モニターから全く目を離さず、出す声も端的に一言のみだったので、茜は一瞬意味を受け取りそこねた。

「え？」

修正いらずの整ったご尊顔が、あらためてこちらを向いた。

「——俺は、いいからそういうの」

「あ、そうなんですか……すみません」

「四時まで声かけないで」

わざわざそう言って、無線の高そうなイヤホンを右耳と左耳につけて仕事に戻ってしまった。もうこちらのことは、見向きもしない。

「…………こわっ」

茜は思わず呟いてしまった。

「おまえら、勝手に一息入れてる場合かって感じですね。作業戻った方がいいですか……」

「そ、そんな」

このみがあたふたと、広げた菓子の蓋を閉めようとする。

しかしこれでも立ち上げの一月からこちら、毎日遅くまで残ってきりきり働いているつもりである。少しのブレイクタイムぐらい、許容してくれなければ士気にかかわる。

シリアスに考えはじめた茜を、優しくフォローしてくれたのは勇魚だった。

「あー、大丈夫や秋本ちゃん。そない気ぃつかわんでもええで」

「でもチーフ……」

「俺らが休みたいぶんには、好きにしてええよ。あいつも好きなようやっとる結果が、あれなだけやから」

「そういうもんなんですか……？」

「そや。つきあい長い俺が言うんや。間違いない」

この小さな会社組織で、茜は社長の葉二のことだけよく知らない。

前のデザイン会社にいた時、フリーだった葉二が、外注デザイナーとしてプロジェクトに参加してきたことがあった程度だ。印象としては非常に頭の切れる人で、勇魚の元同僚だったと聞いて、納得はした。二人とも、茜が就活時に憧れた東京の大手事務所、『EDGE』の出身なのだ。

結果としてそのプロジェクトで発生したごたごたが、この『テトラグラフィクス』立ち上げのきっかけにもつながったらしい。もっとも、茜はほとんど勇魚の背中だけを見て転職を決めた口なので、いざ入って葉二の指揮下で働くことにはまだ慣れていなかった。

彼がしてきた仕事を一通り見たが、まあだいたい一分の隙もなく計算と抑制のきいたもので、こちらのデザインに似たような正確さが求められるのもさもありなんという具合だった。好きか嫌いかで言うなら、苦手なタイプだ。

茜はあらためて椅子に腰掛け、マイカップのコーヒーをすすった。

「経営的にはチーフをトップに据えちゃだめっていうのは、よくわかりますけど。ちょっとまだ緊張しますね、亜潟社長に関しては……」

「なにげに失礼なこと言いよるなあ、秋本ちゃん」

「すいません、こういう奴だから前のとこにいられなかったんですよ」

「ま、事実やからええけどね。というかハニのいったい何に緊張するねん。あれでなかなか可愛い奴なんよ」

「可愛い……？」

恐ろしく似合わない言葉を聞いた気がした。

「秋本さん、イケメン嫌いですもんね」

「このみさんほど得意じゃないだけだよ」

ただ思うだけだ。きっとああいう手合いは家に帰れば恋人がわりに趣味の権化のようなオーディオセットなどが組んであったりして、「結婚する自分とか想像できないんだよね。コスパ悪いし」とかうそぶきながら、リビングでビンテージのウイスキーなんて飲んでいるに違いないのだと。斜に構えて敬遠してしまう茜も、いい加減彼の駄目出しに心がすさんでいるのかもしれないが。

「知りたいことがあるなら、俺がかわりに答えてやるで？　何がいい？　好きな食い物？　贔屓(ひいき)の球団？　パンツの柄でもなんでもええで」

「はい羽田チーフ、それなら彼女の有無とか！」

のりのいいこのみが、教室のように手をあげた。

「ちょっとこのみさん」

「ああ、おるでそれは」

慌てて止めに入ったところで、勇魚があっさりうなずいてしまった。

「なんだー、残念」

このみが露骨に肩を落とした。茜もそれなりに驚いた。

だがまあ考えてみれば、女の一人や二人ぐらい、いて当たり前だろう。あの外見で仕事もそれなりなのだから。周りが放っておかないはずだ。

趣味の権化のようなオーディオセットとビンテージのウイスキーの絵面に、都会的な美女を新たにレイヤーで追加してみたが、いけすかない度はあまり変わらなかった。むしろ増えた。死ねリア充。

「東京にな、べった惚れの婚約者さん残してきとってなー、今日やたら急いで仕事しとるんは、その彼女さんに久しぶりに会えるからなんよ」

「えー、意外ー」

「さー、がんばれハニー。できるか定時上がりー」

勇魚が遠くから声をかけるが、その葉二はイヤホンで外界を遮断し、集中しているせいかまったく反応がなかった。

（……いや、定時で上がるって……できるの？）

まずそれを思った。何しろ仕事量で言うなら、みな立ち上げで試行錯誤している部分もあり、誰も早上がりなどしたことがない分量を抱えているのだ。特に葉二は事務所の代表として、ここ二ヶ月ほぼ休みなしのはずである。

それでもやるのか、婚約者のためなら。

デスクの電話が鳴りだして、茜たちの休憩も、それで終了となった。コーヒーが残ったカップを持って自席に戻り、スリープさせていたパソコンを操作しつつ、まあやれるもんならやってくれ社長さんと、投げやりに思ったのである。


そのまま自分の業務に集中していると、いきなり亜潟葉二が立ち上がった。


「よし、終わった」

――まじか。

時計の針を見れば確かに書類上の定時きっかりで、葉二はコートかけにコートを取りに行ったりと、慌ただしく帰りの支度をはじめている。

「それじゃ、お先」

「おー、おつかれー。栗坂ちゃんによろしく」

勇魚が自席で、ひらひらと手を振った。

しかしいざ彼が出口に向かったところで、

「――あのー、社長。すいません……」

アシスタントのこのみが、おずおずと声をあげた。

「神戸プランニングさんから、お電話が……すごい怒ってらっしゃるみたいで」

手元の電話を保留にしつつ、申し訳なさそうな顔で用件を伝える。

聞く葉二の表情が、みるみる強(こわ)ばっていき、まるで死刑宣告でも受けたかのようだった。

「……わかった。俺のデスクに回して」

「いいですよ社長。私が受けますから」

茜はつい言っていた。

他人がやるべき仕事を、わざわざ肩代わりして引き受けるなど、性に合わないと思いながらも、これは仕方ないだろう。

「詳細は、明日(あした)まとめてでいいですよね？」

「──ありがとう秋本。めちゃくちゃ助かるわ！」

それはもう、なんの嫌みも含みもない破顔だった。茜は面食らうしかなかった。

そのまま彼は今度こそ、離れていたという婚約者に会いに、いそいそとオフィスを退勤していった。

「な？　可愛い奴やろ？」

「……確かに」

「確かに」

茜たちは、各席でうなずきあう。これはかなりのレア素材だ。

引き継いだクレームの電話を取りつつ、茜はギャップと意外性について考えた。

立ち上げたばかりのデザイン事務所、『テトラグラフィクス』。仕事の展望はまだまだ未知数だが、今日から新たに『社長に萌える』という業務が追加されたようである。

＊＊＊

一部の人たちの間で、相当のネタにされているとはつゆ知らず。栗坂まもりは新幹線の自由席で、うつらうつらと居眠りをしていた。

とりあえず、大変良い夢を見ていたことは覚えている。そこから現実に引き戻されたのは、新幹線の車内アナウンスと、隣に座っていたおじさんが、こちらの肩をそっと叩いたからである。

「……あのー、ごめんねお嬢さん。お休み中のとこ」

「…………………へ？」

「降りたいから、その足どけてくれる？」

「……あ、そ、そうですねすみません！」

まもりは慌てて自分の足と、引き出していたテーブルを引っ込める。サラリーマンらしきおじさんは、カニ歩きで通路側へと移動して行き、まもりも今どのあたりにいるのかと、窓の外の案内板を確かめたら、なんと新大阪駅であった。

（やばっ、わたしも降りなきゃいけないんじゃん！）

急いで立ち上がり、頭上の棚からキャリーケースを下ろそうとしたら、手が滑って脳天を直撃した。別の意味で意識が飛ぶかと思った。

しかし悶絶している暇などなく、まもりは通路に転がったキャリーケースを右手に持ち、足下に置いておいた紙袋を左手に持って、デッキの出口へ向かう。

（……マロン、網棚に置いとかなくて良かったな）

手荷物として下に残していた荷物には、まもりが手塩にかけて育ててきた薔薇のマロンがあった。この冬、枝をぎりぎりまで切り詰め、ほぼ棒のような状態にして移植ポットに詰め替え、ワイン用の箱に入れて連れてきたのである。落としていたら大変だった。

キャリーケースには、就職活動に使う靴や鞄や、スーツ一式が入っている。

バイトのオウム堂書店は、先日正式に辞めた。最終日は、カワウソ顔の店長と、佐倉井真也の三人で、池袋の居酒屋で送別会まで開いてもらった。夏の公務員試験が本命の真也は、まだもう少しバイトを続けるつもりだそうだ。がんばれよと、一足先に活動をはじめるまもりに、はなむけの言葉をくれた。

残ったステビアの葉は、全部摘み取って乾燥済み。こぶみかんは、母に預けた。ニオイスミレは、友人の湊に託した。新年度の登録手続きはウェブ経由でやるつもりだし、どこから見ても完璧なる就活シフト。いつでもここ関西で、リクルートが始められる状況である。

ＪＲのりかえの看板を頼りに新幹線の改札を出たら、コンコースを移動して在来線のホームへ向かう。

（神戸線は、８番線。乗る電車は姫路行きの快速——よし、これだ）

いよいよ戦だという緊張感はあったが、それより今は、葉二に会えるという嬉しさが勝っているかもしれない。

その葉二には、列車の到着を待ちながらメッセージを送ってみたが、なかなか既読のマークがつかなかった。よってそのまま電車に乗り込み、予定通り六甲道駅で下車したのだった。

キャリーケースのキャスターをからから言わせて、坂の途中に建つ、青い屋根の集合住宅にたどりついた。こちらのマンション名を、『六甲壱番館』という。二階A号室の鍵は、昨年末にこちらに来た時、葉二に一本渡してもらっていた。葉二いわく、これはスペアの合い鍵などではなく、正式にまもりが持っていていいものらしいので、なんとなくにやけるものがあった。まもりも調子にのって、パレス練馬や実家の鍵と一緒に、キーケースに取り付けてきてしまったものだ。

その自分の鍵で堂々とドアを開け、中に入った。

「おじゃまし……いや、ただいまでいいのかな」

何かもう色々と不慣れすぎて、こういう場合、どう表現するのが適切なのかもよくわからない。

挙動不審のまま廊下を進み、リビングの電気をつけたら、思っていた以上に、引っ越し時の段ボール箱がそのまま残っていた。

(なんだもー、ぜんぜん片付いてないじゃん。何やってんの葉二さん)

偉そうにぼやきながら暖房のスイッチを入れ、ごちゃつく部屋の中を一通り見て回り、適当につけたテレビのニュースが関西ローカルだったのでそれも視聴し、それでもなお時間が余ったので、ソファに座って説明会のスケジュールなどをスマホで確認していると、玄関で鍵が開く音がした。

リビングルームに、スーツにネクタイ姿の葉二が顔を出す。

「あ、おかえりなさーい葉二さん」

まもりは笑って挨拶するが、当人はぎょっとしたように固まってしまった。

「あの、どうしたんですか？」

「……たまらんな、これは」

「は？」

心配して近寄ってみるが、口をおさえてうつむく葉二から聞き取れたものといえば、そんな呟き（つぶや）ぐらいで。

「なんでもない。ここまで迷わなかったか？」

葉二があらためて、まもりに聞いた。目が笑って嬉しそうだったので、まもりも同じ気持ちでうなずいた。

「大丈夫ですよ」

「そっか。なら着替えて飯にするか」

そうこなくっちゃねと思った。ここ二ヶ月絶えて久しかった葉二のご飯が食べたくて、駅弁も買わずにここまで来たのだから。

そのまま葉二が寝室で着替えてくるのを、じっと待った。

「…………何か？」

「いえ……特に何も……」

そう。たぶん見た目の問題で言うなら、着替えて出てくる前のきちんとした格好の方が断然好みのはずなのだが、もはや馴染みがあるのは、こちらのジャージ眼鏡の葉二なのかもしれない。

こうしていつもの部屋着に戻った彼を見た時、妙にほっとした自分がいて、そんな自分が残念でならなかった。

「あっちでなんか、変わったことあったか？」

「あ、一個ありました。葉二さんが住んでた五〇二号室、ついに入居者来ました。今日引っ越しのトラックが来てて」

「来たか。どんな奴だ」

「いえ、わかんないんですけど。挨拶する前に、こっちに来ちゃったんで」

隣人としては、かなり微妙な滑り出しになってしまった。しばらく戻る予定はないのである。

「葉二さんこそ、この段ボールの荷物は片付けないんですか？」

「やってる時間がねえんだよ。ほとんど今は、寝に帰ってるような感じだから」

そんな葉二の言い訳を聞きながら、一緒にベランダの出入り口を開けた。

しかし時間がないと言うわりには、何か前より鉢が増えているような気がするのだが、気のせいだろうか。

まもりが事前に宅配便で送っておいた、温州みかんのミッチーの鉢もあった。

「おー、ミッチー！　大丈夫？　葉二さんにお水もらってる？　運んでくる時、折れたりしてない？」

「見りゃわかるだろ。普通に生きてるわ」

「よしよし偉かったね」

後で今日持ってきた、薔薇のマロンも並べてあげようと思った。

お隣には、二ヶ月前に一緒に植えた、九条ネギの鉢がある。しかし――。

「……………ねえ葉二さん」

「なんだよ」

「なんかこの九条ネギ、増殖してません？」

鉢一面、ネギの葉がみっしりというか。

まだ植え付けた時の断面がわかる短いものから、長いものは三十センチぐらいにまで再生したものが、ふさふさに生えている。

「ああ……それな。なんかあれからネギ買ってくるたんびに、切り落とした根っこを植えて放置してたらこうなった」

「煙草の吸い殻入れじゃないんですから」

「気分的にはそんな感じだったわ。案の定、定着率が良すぎた」

まもりは黙るしかなかった。

「まあどうせだから、今日はこいつを夕飯に使うか。そっちの壬生菜も一緒に」

「壬生菜？」

「ほら。あの時、高架下の園芸店で種も買っただろ。あれ蒔いたんだよ。そろそろ食ってもいい頃合いだと思うんだよな」

葉二はそう言って、隣のプランターに近づいた。

今が二月の厳寒期だからか、こちらは発泡スチロールの箱でプランター周りをカバーし、支柱とビニール袋で風をよけと、防寒対策はばっちりのようだ。

ビニールをとめていた洗濯ばさみを外すと、あまり見たことのない葉野菜が現れた。

茎が細くてしゅっとしている雰囲気は水菜に似ているが、水菜と違って葉がぎざぎざしていない。一つながりに丸くて、靴べらか船のオールのようだ。

「これが、壬生菜ですか？　はじめて見る形かも……」

「九条ネギとかと同じ京野菜だから、関東じゃまだマイナーかもな。もとは水菜の変種だよ」

「ああ、やっぱり水菜の兄弟ではあるんだ……」

まもりの見立ては、そこそこ間違っていなかったようだ。

「どっちも根こそぎ取らなきゃ、また生えてくる」

「らじゃー」

夕飯に使うとのことで、九条ネギと一緒に、わしわしとハサミで収穫した。

そして収穫物を両手に持って、暖かい部屋の中へ。

「で、けっきょく何作るつもりですか」

「率直に言えば飯も炊いてねえんで、ここは潔く乾物様の出番かなと」

「お蕎麦かパスタですか」

葉二が食料庫から、七分茹でのパスタを取り出した。今回はスパゲティで行くようだ。

「野菜は洗っといてくれるか」

「はーい了解」

パスタ鍋に水と塩を入れて火にかける一方で、まもりもじゃぶじゃぶと収穫ネギと壬生菜を洗った。綺麗になったら、葉二にパスする。

「九条ネギは斜め切り、壬生菜はざく切りにすると」

「ふんふん」

「あと忘れちゃいけない、ニンニクもみじん切りだ」

まな板の上で手早く野菜を切り分け、鍋のお湯が沸いたところで、パスタを投入した。

さらにフライパンを火にかける。

「オリーブオイルをだだーっと入れて、ニンニクとじゃこを、カリカリになるまで炒めるんだな」

「あ、それは好きな具の予感」

油の中で、ぱちぱちしゅわしゅわと泡が出て、やがてきつね色に染まっていく過程は、なんともわくわくした。

「で、だいたい色がついてきたら九条ネギも入れて炒めて、粉末の昆布だし少々。あとは——」

「おおう」

いきなり葉二の長い腕が伸びてきて、引き出しからお玉を取り出した。そしてパスタを茹でている鍋からゆで汁をすくい、フライパンへ流し込んだ。

そのままゆらゆらと、火の上でフライパンを揺すりはじめる。

「……それは、あれですか？　お水か塩が足りないから、あるとこから拝借っていう合理的精神？」

「は？　乳化させるんだろ？」

「乳化」

まもりが本気で理解していないと悟った葉二は、料理を続けながら解説をしてくれた。

「……つまりだな。ドレッシングとかを思い出してくれるといいんだが、本来油ぎったものにいくら水分を足しても、混ざりきることはねえわけだ。それが小麦に含まれるでんぷんやグルテンが間に入ると、乳化がはじまってどろっと混ざってくれるんだな」

「なるほど。ゆで汁の小麦ぶんが一番重要なんですね」

「水分や塩気が欲しいなら、普通に水か塩でいいじゃねえか」

「それもそうなんですが」

心底バカを見る目で言われたが、葉二に限ってはそういうこともあるかもしれないと思っただけだ。何せ、省ける手間は限界まで省こうとする人なのだから。

「オイル系のパスタソースなんかは、こうやって鍋のゆで汁をつなぎにして作るわけだ」

葉二が言うように、フライパンの中身は、ぐつぐつと煮詰まるうちに白濁化していった。

彼はそこに、瓶入り柚子胡椒(ゆずこしょう)もスプーンですくって投下した。ニンニクの匂いが優勢だったキッチンが、一転してさわやかな柚子の香りに包まれる。

ぴぴぴ、とキッチンタイマーが鳴る音。

「んじゃまもり、鍋は頼む」

「ひー、ザルどこですか!」

「流しの下!」

新しいキッチンは、場所の把握も大変だ。パスタが茹で上がったので、まもりは必死になってザルに空けた。

シンクにもうもうと湯気があがり、ラーメン屋のオヤジの気分で叫ぶ。

「い、いっちょあがりー」

「仕上げに壬生菜もぶちこんで、熱いうちにパスタとからめりゃできあがりってな」

いざお皿に盛って、いただきますだ。

・

かくしてできあがったパスタを、ダイニングテーブルに運んで、夕食にした。

練馬の五〇二号室とは、背景やテーブルの位置が違うが、なんとかあの頃に似た食卓に近づけた気がする。

青ネギの九条ネギと、水菜の変種の壬生菜は、油で炒めてもなお、色鮮やかなグリーンを保っていた。

「すごい綺麗な色のパスタだなー。緑が濃くておいしそう」

さっそくいただいてみるが、最初にしっかり炒めたじゃことニンニクは、期待通りのカリカリ具合だった。大きめに切って炒めた九条ネギは大変甘く、そこにほろ苦い壬生菜が加わって、なかなかバランスが良い味に仕上がっている。最後に入れた柚子胡椒の、さわやかな塩気と辛さも相まって、実にシャープで大人なお味のパスタだ。

「お醤油(しょうゆ)とか入ってないですけど、和のペペロンチーノって感じでいいですね！」

「柚子胡椒なんて名前ついてるが、ありゃようは柚子と青トウガラシだからな」

「じゃあやっぱりペペロンチーノだこれ」

さしずめじゃこと京野菜の、和風ペペロンチーノといったところか。

「あー、嬉(うれ)しいなあ」

「なんだよいきなり」

フォークでパスタを巻き取りながら、まもりは笑った。

「だってこれからしばらく、こうやって葉二さんとご飯食べられるじゃないですか」

至上の喜び。なんでもがんばれそうな気がする。

ところが葉二は、反対に眉をひそめてしまった。

「いや。そうしてやりたいのは、俺もやまやまなんだけどな……」

「え、どうしたんですか」

「さっきも言ったけどな、今は忙しいんだよ。事務所の立ち上げでばたついていて、夕飯の時間帯に帰ってくるのは、かなり難しいと思う」

真面目な顔で言うのである。

まもりは、予想していなかった返事に、口を開けそうになってしまった。

しかし、考えてみれば当たり前かもしれない。

「……あ、そうですか。そうですよね、忙しいですよね……始めたばっかりなら……」

「半年もすりゃ枠組みもできあがって、ルーティンで回せるところも出てくるから、かなりましになるとは思うんだけどな。ただ今はちょっと時間が読めない。まもりには悪いが」

「いえいえ、いいんですよ葉二さん。そんな忙しい時期に、押しかけちゃったのがまずいんですから」

まもりは慌てて言った。

本当に自分は、自分のことしか考えていない。いったいおまえは今いくつだと言いたくなった。

　本来ならまもりの卒業まで、一年はあったのだ。その間は立ち上げた事務所を、軌道にのせることに専念する——葉二はそう思っていたのかもしれない。それを就活だからと曲げてしまったのは、まもりである。

「寝泊まりできるだけでもう、大助かりですから。むしろ作って待ってます」

「いや、食えるか自信ねえから、そういうのもいいわ」

「あ、そうですか……」

「寝るのも無理に待たねえで、寝ちまっていいからな。翌日面接で寝不足なんて、洒落に ならねえだろ」

　そこまでかよ。まもりは軽く絶句した。

「まもりの明日の予定は？」

「……インテックス大阪の企業説明会に行くのと、エントリー済みの会社の筆記試験が一件です……」

「いきなりぎっしりだな。まあ体壊さん程度にやってこうな」

　本当にそうだと思った。葉二もどうか死なないでくれ。

のっけから冷や水を浴びせられた気分だったが、まもりは黙ってうなずくしかなかったのである。

＊＊＊

それからはじまった共同生活は、まもりが頭の端で思い描いていた『わーいプチ同棲！』などというものとは、だいぶ違っていた。

まず朝。前夜に終電か、それに近い時間帯にマンションへ帰ってきて、泥のように爆睡している葉二を起こさないよう、細心の注意をはらって起き上がり、でかい図体をまたぎ越えてベッドを出るというミッションから始まる。

（そーっとね、そーっとそーっと……はっ）

声に出すと葉二が起きてしまうので、距離を測るところから実際に身をひるがえすところまで、全部心の中で行う。

いくらもともとのベッドがセミダブルサイズとはいえ、葉二の体格が平均以上なので、難易度はシングルベッドとあまり変わらないかもしれない。

無事寝床から離脱することに成功すると、防寒用のフリースを羽織り、リビングに暖房を入れつつ、まずは歯磨きと洗顔だけはすませてしまう。引き続いて南側のベランダに出て、鉢たちの水やりだ。

まだ鉢の数がそこまで多くないことと、時期が冬でそこまで頻繁に水をやる必要がないおかげで、これは比較的らくちんである。

部屋が暖まってきたところで、キッチンのトースターでパンを焼いて、ハムとキュウリとトマトのついた簡単な朝ご飯を作る。

(ほんとこっちはね、パンがおいしいの……これだけはほんとに素敵)

小さな幸せを噛みしめつつ、一人もそもそとトーストの食パンを食べていると、ようやく葉二が冬眠明けのクマのように起きてくる。

「おはよう、葉二さん」

「おう。悪いな、今日も水やってくれたのか」

「いいですよ別に。パン焼きましょうか？」

「時間ねえし、いいわ」

葉二はすげなく言って、まだ焼く前の食パンを袋から見つくろい、さらにまもりの作ったサラダから、ハムとキュウリだけ拾ってパンに挟んで三口で食べ、冷蔵庫の野菜ジュースを一気飲みしてから風呂場へ消えていった。じゃーじゃーと、シャワーを使う音が聞こえてくる。

まもりも化粧やらなんやらで洗面台を使いたいのだが、まず葉二が身支度をすませることが優先なので、邪魔はしないようにしている次第だ。まもりはまだ、この後も時間があるのである。

しばらくすると、冬眠明けのクマが、こざっぱりしたイケメンになって再登場した。ネクタイを締めてジャケットを羽織れば、それはもう、彼が事務所に行く時間だった。

「今日のまもりの予定は?」

「午後から梅田(うめだ)で最終面接が一件、です」

「おお、もうそこまで行くのが出たか。早いな」

「へへへ」

まもりはテーブルから笑ってみせる。

まだ時期としては三月なので、書類選考や筆記試験段階のものが多いが、一部は東京支社でセミナーや冬季インターンシップを受けていたので、そちら経由で早めに選考してもらえたのである。

「葉二さんは、今日も遅い感じですか?」

「たぶんな」

葉二はそう言うと、いつものようにまもりの額に軽く口づけてから、出勤していった。

正直に言うなら、こんな一瞬だけのキスより、もうちょっとちゃんとハグがしたいなと思う。もっと言うなら、朝ご飯ぐらい一緒のテーブルで食べたいよとも。

一日のうちで甘いのはこの時ぐらいで、あとはひたすらすれ違いが続くと言っていい気がする。

（……葉二さんが忙しいなんて、今に始まった話じゃないけど……それでもなんだかんだご飯が作れたのは、在宅だったからなんだな……）

まもりとしても、まさか一つ屋根の下で暮らしはじめてからの共通の食事が、ハム一枚とキュウリだけに成り下がるとは思わなかった。

あらためて思う。ほんのわずかな隙間時間を見つけてキッチンに立ち、食事を作って食べたらまた仕事に戻る。そういう荒技が可能だったのは、彼が出勤しないフリーランスだったからだ。そしてまもりも、隣にいたからおいしいところだけをつまみ食いできたとも言う。

これでまもりまで就職が決まったら、結婚してもすれ違いになってしまわないか？

「………………あー」

いかんいかん。これはいかん。

まもりは誰もいない部屋で一人うめき、不穏な考えを頭の中から追いやった。

心頭滅却、悪霊退散。これから面接で御社に入社したいですとプレゼンしなきゃいけない人間に、この思考は危険すぎた。

しっかりするのだ。なんのために前倒しで、神戸にまで来たと思っている。

葉二だって、忙しいのは今だけだと言っていたではないか。

（よし）

一人で使えるようになった洗面台で、あらためて身支度を調え、就活用の資料を鞄に詰めて、家を出た。


最終面接に呼ばれた会社は、大阪市梅田の一角にある建材会社だった。

複合オフィスビルの窓から見える景色は、無数の高層ビルで埋まっている。さすがは西日本最大の繁華街だ。

面接会場の隣に作られた控え室には、現在リクルートスーツ姿の学生が、全部で二十名ほど集められ、まもりも背筋を伸ばして順番を待っていた。

まもりとしてはもう、先ほどから心拍数が上がりすぎて、パイプ椅子に座りながら吐きそうである。

（だ、大丈夫。対策はしっかりしてきた……はず）

最初の適性検査も、その次のグループディスカッションも、出来は悪くなかったと思う。今日の最終面接に向け、会社の社史も社長の著書も熟読してきたし、時事問題もチェックしている。生まれてからここまでのヒストリーと短所と長所、業界への展望と御社を志望した理由、どれも落ち着いて話せばちゃんと伝えられるはず。

控え室の扉が開き、一つ前の志望者が、面接を終えて入ってきた。

斜めに流した前髪に、低めの位置で結んだポニーテールの、いかにもリクルーター風の女子大生だ。出て行く時と違い、体中から生気が抜けきったような顔をしていた。無言で自分の荷物をまとめはじめている。

よっぽど完全燃焼したということだろうか。

「——次の人、栗坂さんどうぞ」

会社の人事部らしき社員が、まもりを呼んだ。

いよいよだ。まもりは気合いを入れて立ち上がり、作法だけは間違えないよう慎重に、会議室の中まで移動した。

長机の向こうにいた面接官は、全部で三人だった。あらかじめネットで写真を見ていた社長と会長は、ここにいないようだ。その下の幹部役員かもしれない。

「栗坂です、よろしくお願いします」

「そこにお掛けください」

力を出し切る。後悔しないようにがんばる。

絶対ここに採用してもらうんだ!

まもりがパイプ椅子に腰掛けると、中央の面接官と目が合った。仏像が四角い眼鏡をかけたような、中年男性だった。

「えー、それでは初めにお伺いしますが――」

＊＊＊

終電一つ手前のJRに乗って、亜潟葉二は帰宅の途についていた。

たとえ金曜の夜でも、最終でないと酔っ払いが格段に減るようだ。

今日もなんとか、無事に終わった。新規の引き合いに待ったなしの納期と支払い、予想外のトラブルも、スタッフ全員を巻き込んで乗り切ってやった。

(まあこれで終わりじゃねえんだけどな。もっとコンペなんかもどんどん参加して、仕事取りに行きてえし)

自分一人の収支を考えるだけで良かった個人事業主の頃と、会社の代表をやっている今では、疲れ方も頭の使い方もまったく違って、まだまだそれには慣れそうにない。しかし、多少なりともやりがいがあるから救われているのだと思う。

たとえば損得勘定が苦手な勇魚から雑事を取り上げて、ひたすらデザインに専念させればどこまでいけるかという興味とか。あるいは勇魚を慕ってついてきた若手デザイナー、秋本茜。彼女も未熟なところは多いが、鍛え甲斐はある。

そういえば彼女に関しては、当初明らかに敬遠されていたように思うのだが、このところそこまで尖らなくなったのは、何か理由があるのだろうか。

(ま、いいわ)

なんであろうと、今日は金曜の夜である。

今は家に帰れば、まもりだって待っているのである。

あれは思ったよりも強力だった。家にスピットファイアがあるぐらいの火力である。

ついでに言うなら、戦闘機は基本喋らないが、まもりは喋るし触れるのである。有用さで言えば、まもりの方が上ではないだろうか。

彼女を東京に残すという時、思い切って指輪を渡して確約を取らせたのは、今さらながら正解だったと葉二は思う。今のこの生活が、来年以降の関係性の予行演習となっていると思えば、日々の安心感が違った。

(明日は午前中のミーティングだけ出て、午後はどっかに連れていってやるかな)

まもりも就活があるだろうが、土日に面接や試験が入ることはないだろうし、せっかく神戸に来たのになんの名所も見ていないというのも可哀想である。

外で何かうまいものでも食べて、近所の六甲山をのんびりドライブして、山頂からの夜景ぐらい見せても罰は当たらないだろう。

そんなことより家で一緒に食べたいと言うかもしれないが、それはそれで可愛い願いなのだから、聞いてやらない理由はないのである。

思いついたプランに満足し、葉二は電車を降りた。

自宅マンションに帰り着くと、中はすでに、廊下まで真っ暗だった。まもりは寝室で休んでいるようだ。

それでも明日の朝に話せばいいし、寝る前に顔を近くで見られる事実は変わらない。

ああ本当に婚約して良かった。相手がどう思っているかは別として、葉二は現状にかなり満足していたのだ。

ネクタイを緩めながらリビングの明かりをつけると、ソファに真っ黒い塊がうずくまっていたので、死ぬほど驚いた。

「おま……まもりか!?」

明かりもつけずに、いったい何をやっているのか。

彼女はリクルートスーツを着たままだった。膝を抱えた体育座りの姿勢をとくと、肌色のストッキングをはいた足を床につけた。

うつむき加減に、ぺたぺたとこちらへ近づいてくる。

確か今日は、初めての最終面接だと言っていたはずだ。

「……なんか、とちりでもしたのか？」

「葉二さん」

「ん？」

「……これ、葉二さんに返す」

囁くように言って彼女が葉二の手に押しつけたのは、ビロードのケースに入った婚約指輪だった。

おいこらマジか。

いいから落ち着け。短慮は良くない。

葉二はまもりをなだめて、ソファに着席させた。指輪はさりげなく、ローテーブルのわかるところに置き直した。

自分も彼女の横に、腰を下ろす。

「わかるように説明してみろ。ゆっくりでいいから」

近くで見るまもりは、明らかに憔悴しきっていて、気のせいでなければ、目の周りも赤い。返事のかわりに、彼女は小さくはなをすすった。

「今日、面接だったんですけど」

「それは聞いた」

「面接官の人、一番初めにわたしの大学を聞いて、質問してきたんです。『律開大って、東京の大学でしょう？　なんで東京の会社受けないの？』って。わたし、そこで婚約者がこっちにいること、喋っちゃったんです。悪いことしてるつもりなんて、ぜんぜんなかった……」

彼女はかすれた声を絞り出した。

「でもそしたら、向こうの空気が完全に変わっちゃって。『じゃあその人に養ってもらいなよ』とか、『どうせすぐ辞めちゃうんでしょう』とか、にやにや笑って一方的に言われて」

その時の様子を思い出したのか、ソファに強く押しつけた拳（こぶし）が、細かに震えていた。

「なんでそうなるの……？　わたし、結婚してもずっと続けたいからこっちで探してるのに」

「そういうことを、聞いてくれる雰囲気でもなかったと」

まもりは、手で乱暴に目元をぬぐいながらうなずいた。

「志望動機も、会社でやりたいことも、考えてたのになんにも伝えられないまま終わっちゃった。一個もだよ……」

彼女の怒りと嘆きは、それでよくわかったのだった。

葉二は事情を把握した上で、まず言った。

「一つ言えるのはな、まもり。そんな昭和で時が止まったモラハラ会社に受かったところで、なんの得にもならねえってことだ。入りたいのかそこに。今でも」

「……それは、あんまり……」

「じゃあいいだろ。くそったれな会社がくそったれな台詞（せりふ）を吐くのは当たり前なんだ。くそったれなんだから。入った公衆便所で、前の奴のくそがそのままだった時に取る行動はなんだ。俺ならその場で蓋（ふた）をしてレバーを押す。水に流して綺麗（きれい）さっぱり忘れる。それだけだ」

まもりが、泣きながら噴き出した。

「……………ほんと、葉二さんって口悪い……」

「会社はそこだけじゃないんだから、たまたま当たりが悪かっただけでそんなに落ち込むのは、バカくさいぞ」

「うん……そうだね。そうだよね……」

呟くように、繰り返した。

個人的には、まもりに暴言を吐いた上にここまで落ち込ませた面接官は八つ裂きに値すると思うが、へたに大事だと思わせるよりは、笑い飛ばした方が回復が早いと思ったのだ。

「ありがとう葉二さん。愚痴言ったらすっきりしたかも」

「その意気だ。次行け、次」

ようやく笑顔を見せたまもりの頭を、葉二は励ますつもりでぽんと叩いた。

「お風呂入って、寝ます」

「一緒に入るか？」

「ばか」

軽口をあしらうぐらいの元気も、出てきたようだ。

立ち上がってリビングを出ようとするまもりに、葉二は声をかけた。

「ほらまもり、指輪忘れてるぞ」

そうしたら、まもりは振り返って言った。

「ああ……それはやっぱり、葉二さんが預かっててくれますか？」

「俺が？」

「はい。内定取れたら自分のものになるって、ご褒美にしようと思います。あるとどうしても、甘えが出ちゃうのかもしれませんし」

「おまえ……俺の話聞いてたのか？」

「さー、がんばるぞ。明日はエントリーシート書きの日だ」

自分の慰め方が本当に正しかったのか、葉二は一抹の不安を覚えた。

後になってわかることだが、まもりはこの日を境に、面接に関して完全に調子を崩してしまうのである。

＊＊＊

「──わかりました。本日の面接は、以上です。結果は後日お知らせしますので」

「どうもありがとうございました」

まもりは一礼し、会社の重役が居並ぶ会議室を出た。

「お疲れ様です。終わったらそのまま帰って結構ですよ」

廊下で進行役をしている人事部のお姉さんが、明るく声をかけてきた。知ってますよと言いたくなるのをぐっとこらえ、控え室の荷物を取ってから出口へ向かう。

そう。この手の面接の流れなんて、もう何度も受けているから、大した差がないことぐらい知っているのだ。

(……どうだろ。今回はいけるかな。なんかよくわかんないな……あ、この間受けたとこからメール来てる)

ビルの外に出ると、日差しは明るく、スーツの上から羽織ったスプリングコートが暑いぐらいだった。

今は四月半ば。それはまだなのか、もうなのか。

「あちゃー、また『お祈りメール』だ……」

オフィス街の真ん中で、こんな独り言をぼやく自分がいるなんて、思わなかった。

「なんでかなー。何がいけないのかなー」

インターンシップで皆より早く、内々定を貰えたぐらいなのだ。本番の就活だって楽勝——などと、驕った気持ちで臨んだつもりは決してない。

しかし、それなりに数は受けているはずなのに、この段階になって一社もかすらないという予想は、まもりも立てていなかったのである。

夜、すでに風呂にも入ってパジャマを着た状態で、まもりはダイニングテーブルで志望動機を書き綴っている。ペーパーレスのこのご時世でも、企業は手書きエントリーシートを求めるところが非常に多く、一文字間違えただけで書き直しになるので毛が抜ける思いだった。

「また変な面接官に、クソな質問くらってんのか？」

葉二がソファでくつろぎながら、まもりのぼやきに反応する。

彼もこの頃は、日付が変わる前には、家にいるようになっていた。

「いや……そういうわけじゃないんですよ。あれから受けたところで、その手の質問してくる人、誰もいなくて」

「だよな」

「わりとまっとうに、普通に質問されて、普通に答えてるつもりなんですけど」

だからこそ、最初に面接をした、建材会社の大仏眼鏡が異常だったのだとわかる。あのおっさんめ。同じ質問をいつされても対抗できるようにと、がちがちに理論武装までしたのに、使う機会がまったくなかった。

「筆記やその次の集団面接ぐらいまでは、わりとつるっと通るんですよ。もう自分でも、理由がよくわかんなくて」

「まあ、こういうのは縁とタイミングって言うよな」

毒にも薬にもならないご意見サンキュー、だ。その葉二は手元のパンフレットらしき冊子に、付箋を貼りつけている。

「というか葉二さん、さっきから何見てるんですか？　車？　家具？」

「サカタのタネの通販カタログ」

葉二は、こちらを振り返らずに言った。

車や家具のパンフレットなどではなかった。それは全頁フルカラーで、花の球根からトロピカルフルーツの苗木、園芸資材までなんでも扱っている、四半期に一度の立派な園芸通販カタログである。

「店にはまだ行けねえけど、せめてこれ見てイメトレしてこうかなと」

「葉二さんこそ病んでませんかね」

「何がだ？」

まもりがソファに近寄ると、葉二はニガウリの苗の頁を開いて、べたべたと付箋を貼り付けていた。

最近は、白いニガウリだの、ジャンボニガウリだの、観賞用のニガウリだの、色々あるらしい。

「……次のグリーンカーテンは、ニガウリに戻すんですか？」

「まだ迷ってるとこだ。ヘチマやツルムラサキなんかも、今んとこ候補に入ってる」

「え、ヘチマはともかく、ツルムラサキまでカーテンになるんですか？」

「おまえな、ツルムラサキのツルはなんのツルだと思ってる」

「──なんのって……あっ、蔓（つる）！」

「おめでたく飛ぶ方の鶴じゃねえぞ」

じゃあムラサキはなんだと言いたい。紫色だからか。

ツルムラサキは、スーパーの野菜売り場で、なんとなくモロヘイヤと隣り合ってネバネバ仲間として売られている、葉野菜である。あれが窓際でふさふさしていると思うと、かなりシュールだ。食べたくなったら、その場で一枚いただけるのだろうか。

「蔓性の植物なんだから、そういう仕立てにすりゃ日よけにもなるだろ」

「えー、その理屈だったら、なんでもありじゃありません？　キュウリやカボチャだってグリーンカーテンになるかも」

「なるんじゃねえの？」

思わずその場で、カタログに記載されている苗について、熟読をはじめてしまう。

「お、まもり。見ろ、おまえがいるぞ」

「は？」

葉二が、カタログの一頁を指さした。グリーンカーテンの特集コーナーに、ミニカボチャの写真があった。

「品種名が『栗坊（くりぼう）』だ」

「……わたしカボチャじゃないです……」

「大福（だいふく）2号でもいいな」

葉二は大笑いしながら、付箋を貼り付けている。

そして、さすがに脱線しすぎだと我に返った。

「まーでも、この手のグリーンカーテンの植え付けって、五月ですよね！　さすがにその頃には色々決まってるでしょう！」

植える野菜もそうだが、自分の内々定も一社や二社ぐらいきっと。明るい展望を述べるまもりであったが――。

——五月。

時は残酷だった。

(決まってるどころか、進退窮まってるよ……)

五月のゴールデンウィーク、最終日。栗坂まもりの戦況は、相変わらず連敗続きであった。

まもりの目の前には、ピカピカのプランターや大鉢に植え付けられたばかりの、ニガウリとミニカボチャ『栗坊』の苗がある。

「……あーもー、植わっちゃったよ、植え付けられちゃったよ」

「何が不満なんだいったい」

しゃがんで頭を抱えるまもりの横では、ジャージ眼鏡の葉二が、同じくしゃがんでせっせと土いじりをしている。

久しぶりにフルで休めた休日で、彼はホームセンターと六甲道駅前の園芸店をはしごして、この時期に植えられる苗やら種やらを、しこたま仕入れてきたところだ。

たとえ今植えているこれが終わっても、まだハーブ類が残っている。なんと言っても目の輝きが違う。彼は今、生きる喜びと人生の糧を味わっている最中に違いない。

まもりとしては、連休前に立て続けに選考の結果が来て、その全てが『今後のご活躍をお祈りしております』で締められていたので、心が折れそうになっているところだ。

本来なら、めげずに新しいところにチャレンジしなければならないのだろうが、それでいいのだろうかとも思うようになっていた。

闇雲に進むのは、果たして勇気と言えるのだろうか。いや、もうすでにそれに頼る段階は、過ぎている気がする。なんせ勝率ゼロなのだ。ゼロ。

本当に手遅れになる前に、どこかで流れを変えたい。

「……ねえ葉二さん。わたし連休明けたら、どこかで一回東京戻ろうと思うんですよ」

「あ？」

「大学も、ぜんぜん顔出してないですし。あっちのキャリアセンターに、地方向けの求人も来てると思うし、職員さんに今の状況とか相談してみようかなって」

葉二が、作業の手を止めた。

こちらを見るレンズの奥の目が、気遣うように真剣な色を帯びた。

「そこまできついのか？」

「いや、別にぜんぜん大丈夫なんですけど。むしろこれからが本番というか。選択肢としてそういうのもありかなーって、ふと思った感じで」

ごまかすように、まもりは笑った。葉二に心配されるのだけは、避けたかった。

「そういうわけで、ちょっと新幹線乗って、ちょろっと行ってくる予定です。すぐ戻ると思いますけど、行ってる間、こっちの掃除とか水やりとか」

「そこは気にするな」

「はーい。ブルドックソースとペヤング買ってこようと思います」

まもりは冗談めかして、敬礼をした。

＊＊＊

大型連休が終わって数日という、時期的なものもあるだろうか。久しぶりに訪れた律開大学は、全体に閑散としていた。

気合いを入れて登校していた一年生も、そろそろがんばりの糸が切れてくる頃だ。どうしたって、人が少なくなるのかもしれない。

まもりはそんなキャンパス内を一人歩いて、学生会館内にあるキャリアセンターを訪れた。

ここは資料の閲覧や就職相談、証明書の発行などを行っているところだ。

「——キャリア相談のご予約ですね」

「はい。一番早いのはいつですか？」

「少々お待ちください——一時間後の枠でしたらお取りできますよ」

「じゃあそれで」

窓口で予約を取り、実際の相談時間まで、センター内の閲覧コーナーで時間を潰した。

テーブルで熱心に求人情報やイベントのパンフレットをめくっている、黒いスーツ姿の学生を見ると、仲間だなと少しだけ気持ちが休まる。その隣のテーブルで、「内定何個出た？」「まだ二個だよ～」などという会話が繰り広げられていると、贅沢者めと嫉妬で頭をはたきたくなる。

「あれ、もしかして栗坂？」

長椅子に座っていたまもりが振り返ると、そこには——小沼周がいた。

「うわ、小沼君！」

「ひっさしぶりだな。元気でやってるか？」

「元気だよ。というかどうしたの、ネクタイなんて締めちゃって」

「締めるだろそりゃ、おかしいかよ」

周は苦笑した。しかし、あの自由人のリクルートスーツ姿は、なんというか衝撃を通り越して呆然とするものがあったのだ。

「……そうかあ、そうだよねえ……就活だもんね……」

「湊も最初似合わねえって、十分ぐらい腹抱えて笑ってたけどな」

「そんなことないよ」

その湊は、現在沖縄の母校に戻って、教育実習の最中のはずだ。始まるまでは普通に来ていた便りが、時間とともにぱたりと絶えたので、順調にきついんだろうなと思っている。

いつも近くにいた相手が不在という点で、まもりと周は似たような立場にいた。

「湊ちゃん、生きてる？　こっち連絡ないんだけど」

「心配すんな。うちもだ」

「色々さ、しんどいよね。就活も実習も」

「まあな……」

お互いしみじみとため息をついた。

「もう全部投げ出して、南の島にでも逃げちゃいたいとか思うけど、逃げるわけにはいかないんだから続けるしかないんだよ。小沼君も、一緒にがんばろうね」

まもりは座ったまま、周に握手を求めた。

しかしそれに応じようとする周の右手の、かすかなためらいを見逃さなかった。

「……小沼君、もしかしてもう——」

「ああ。たぶん俺は終わりだと思う」

衝撃度で言うなら、彼がリクルートスーツを着て現れたこと以上かもしれない。

びっくりするぐらいに、心がざわついている自分がいた。

「さっき本命から、連絡来たんだ。採用だって」

どちらにしたって、おかしい話ではない。まもりが決まらず、周が一抜け。だからなんなのだ。

「そっか。良かったね、おめでとう」

「俺もまだちょっと信じられないんだけど。とにかくこっちの資料室で借りてた本とか、返さなきゃと思って」

やるべき優先順位が何かもよくわかっていないあたり、彼が本当に喜んで、夢心地なのがわかる気がした。

「どんな会社なの？」

「映像制作系の、小さいとこなんだけどさ。少数精鋭で、尊敬する人が代表やってるんだ。

専門に勉強してるわけじゃないし、ダメかと思ったんだけど、まさか講義そっちのけで撮ったアレに助けられるとは思わなかったよ」

周が監督をした自主制作映画は、ちゃんと完成して、秋の大学祭で上映された。まもりも湊と一緒に観に行った。面白くておかしくて、三十分間笑いっぱなしだった。

映研『ミルミル』は、二十世紀の先輩の遺産ではなく、新しい知的財産を手に入れたと言って良かった。きっとこれからは周の後輩たちが、この映像を素材にして、毎年の学祭を乗り切っていくのだろう。そうやって何代先にも引き継がれていく宝を作ったのだ。すごいことだと思う。

そういうものがないから、まもりは選んでもらえないのだろうか。

「栗坂は、まだ就活続けるのか？」

「うん。何個か内々定は出たんだけど、なんかぴんとこなくて。妥協で決めるのも違うかなって」

「さっすが。三年のインターンシップで声かかってた奴は違うよな」

変な見栄をはるなよ、バカ野郎。

「――栗坂さん、三番ブースにお入り下さい」

「あ、呼ばれた。それじゃあね、小沼君」

「ああ、がんばれよー」

周とはそれで別れた。

就職相談のコーナーは、まるで健康診断の会場のように、カーテンで細かく仕切られていた。まもりが言われたブースに入ると、白衣ではなく灰色の背広を着た、白髪交じりの中年男性がテーブル越しに座っていた。

(あー、またこのおじさんだ。前の人の方が、親切で良かったんだけどな)

神戸に行く前の準備段階で、この相談窓口には何度かお世話になったのだ。目の前にいるアドバイザーのおじさんは、Iターンで就職したい、できれば職種は総務関係というまもりに対し、「僕の専門は法曹と金融なんだよねえ」「地方就職は詳しくなくて」とまるで役にたたない空気をぷんぷんさせていた。

「どうも、文学部四年の栗坂さんね」

「よろしくお願いします……」

「行き詰まってるんだって?」

しかし面談枠は、四十分も取れてしまっている。仕方なくまもりは席につき、自分がいかに連戦連敗中であるかを、おじさんに話した。

「……というわけでして」

「ふうむ」

「落ちるにしても何がいけないのか、自分でも理由がよくわからないから対処のしようがなくて……」

「なるほどねえ。じゃあちょっとここで、模擬面接をしてみようか。僕を面接の役員か何かだと思って」

「え？」

「栗坂さん、あなたの長所と短所を説明していただけますか？」

いきなりカーテンの中で、面接が始まってしまった。

まもりは面くらいながらも、言われた通りおじさんの質問に答えてみた。

最初はどうしても、しょせんは模擬だろうという意識が抜けなかった。しかしおじさんの聞き方もなかなかうまく、最後は集中して、本番の会場にいるような気分で答えていたと思う。

会議室の真ん中に置かれた、最終面接者用の椅子の感触。長机の向こうにいる、社長や役員たち。背広を着た複数人の注目が集まる、あの緊張感を思い出しながら。

そして一通りの質問をした後、おじさんは大きく唸った。

「栗坂さん。確か君、二月ぐらいにも相談に来てたよね」

「は、はい」

「あれから何か、嫌なことでもあった？　僕を見る目つきが全然違うよ。おまえは敵だって目で睨む面接なんて聞いたことがない」

がんと頭を殴られた気分だった。

「わたし、そんな睨んだつもりなんて」

「だったら無意識？　よく気をつけた方がいいよ。話しているうちに、どんどん怖い顔になっていくから」

「……確かに最初の方で、おかしいかなって会社に当たったとは思います。でも、ちゃんと切り替えていたつもりでした……」

「役員面接になると必ず落ちるってことは、僕ぐらいの年代の人を見ると、そういうスイッチが入るのかもね。たまにいるよ、そうなっちゃう学生さん」

おじさんは、ただのおじさんじゃなかった。専門は法曹と金融で、地方就職は詳しくなくても、百戦錬磨の就職課の人だった。

まもりは呆然としながら、キャリアセンターを後にした。

本当は、東京で開かれているIターン向け説明会にも足を運ぼうかと考えていたが、問題がまもりにあることが明らかになった今、とっとと神戸に戻るしかないと思った。

『パレス練馬』に置いてあった荷物を持って、電車で東京駅に行って、そこから新大阪行きの新幹線に乗った。

（怖い顔なんて、してるつもりなかったよ）

自由席の片隅で、手のひらサイズの鏡を見つめながら、ずっとおじさんに言われたことを考えていた。

おじさんはとにかくリラックス、目の前にいる人は君を取って食ったりしないとアドバイスをしてくれた。しかし、まもりはもともと普通にしているつもりだったし、例の大仏眼鏡の役員以外、相手を憎いと思ったこともない。

完全に無意識の産物だったとしたら、対策のしようがないではないか。

女の人が社長をしているところならどうだと、ちらりと考えてみた。しかし、恐ろしく数が少ないだろうし、そこも女性のみで幹部が占められていることなど、まずありえないだろう。第一こんなおじさん恐怖症をこじらせたような症状があっては、この先社会で働いていくなどできないではないか。

なんだかひどく疲れた気分になって、手鏡をしまおうと荷物のポーチを開けたら、スマホに着信が入っていた。

（なんだろう。どっかの会社かな）

兵庫県の市外局番で始まる、固定電話の番号だった。

この時期はどうしても、メールや電話の着信には敏感になってしまう。

お断りの『お祈りメール』ならともかく、わざわざ電話というのが気になった。

まもりは少し迷って、スマホと貴重品だけ持って、デッキに移った。そこで吹き込まれていた、留守番メッセージを聞いてみた。

『栗坂まもりさんのお電話でしょうか。わたくし株式会社ヨドコウ印刷の、人事担当片山と申します。採用の件でご連絡をいたしました。ご都合のよろしい時に、折り返しお電話をいただけますと幸いです』

おだやかな女性の声だった。

ヨドコウ印刷。確か三番目か四番目に受けた、印刷会社だ。本社が宝塚市にあって、大阪と名古屋と東京に支社と工場がある。

すでに選考は終わって、まもりは最終で落ちているが、こうして電話をくれるということは、何かあったのかもしれない。

すぐにその場で、折り返しの電話を入れた。

『――はい、ヨドコウ印刷です』

「く、栗坂と申します。採用の件で、人事部の片山様をお願いできますか」

『栗坂様から、片山にですね、少々お待ちください』

　ぴろぴろと流れる保留音。どうしたって緊張した。

『お電話かわりました。片山です』

「栗坂まもりです。留守電を聞いてお電話しました」

『はい、どうもありがとうございます。お手数をおかけしました』

「とんでもないです」

『栗坂さんは、弊社にご応募いただき最終選考まで残っておりましたよね。もう他社さんに、入社を決めてしまわれましたか？』

「い、いいえ。そういうわけでは」

　むしろいまだゼロだ、ゼロ。

『そうですか。でしたらぜひ弊社のことも検討していただけませんか』

　息が止まった。

『あれから採用枠に辞退者が出まして、弊社としては接戦で次点だった栗坂さんにお声がけを――』

「はい、行きます。お願いします！」

　まもりはデッキの片隅で、勢い込んでうなずいた。

まさか即断即決とは思わなかったようで、電話の向こうの採用担当は、少し驚いているようだった。

『……そうですか。どうもありがとうございます……』

「嬉しいです。ありがとうございます」

天にも昇る思いというのは、このことだ。

『ただしその、一つ条件がありまして』

「え？」

『勤務地が、応募された関西エリアではなく、東京支社での勤務になります……』

今度はまもりが、口をつぐむ番だった。勤務地はほぼ固定で、戻ってこれる保証もないという。

それではまったく、意味がない――。

相手は電話口にいて、まだ通話は続いていて、いつまでも黙っているわけにもいかなかった。

言え、ちゃんと。自分の口で。

まもりは新幹線の薄暗いデッキに立ち、奥歯を強く噛みしめると、断腸の思いで断りの台詞を口にした。

「申し訳ありません。それはお受けできません……」

——JR新大阪駅、8番線ホーム。

栗坂まもりはベンチに座って、夜の帰宅ラッシュに入った神戸線を、何本も見送っていた。

（……帰りたくない……）

率直に言うとそんな気分だった。

自分の口で採用を蹴った感触が、まだざらざらと口の中に残っている。仕方ないことなのに。しょうがないことなのに。

このまま目の前の電車に乗って、神戸の六甲道駅で降りて、でもそうしたら家には葉二がいるわけで。今のまもりを見たら、きっと心配させてしまう。そう思うと、どうしても乗り込む気力がわいてこなかった。

家で誰か待っているだろうに、ホームのベンチで缶ビールを開けて、いっこうに帰ろうとしない酔っ払いおじさんの気持ちが、今ならわかる。酒こそ飲んでいないが、新幹線を降りてすぐの売店で衝動買いしたご当地サイダーをチビチビあおっているまもりにはわかる。あれは気持ちを切り替えたくて、心配をかけさせたくないだけなのだろう。

「なんでよもう……わたしおじさん嫌いじゃないよ……むしろ好きだよ……」

隣でスポーツ新聞を読んでいた中年男性が、ぎょっとしたように顔を上げたが、まもりは気づかなかった。

一緒に暮らすって、楽しいけど逃げ場がないことでもあるんだな。こんなことで一つ学んだ気がした。

(あと一本見送ったら帰ろう)

そして葉二の前では絶対泣かない。

心に決めて、瓶入りの炭酸を飲む。

口の中で透明に弾(はじ)けて、ぱちぱちと涙の味がした。

＊＊＊

五月の下旬に入っても、まもりは粛々と就活を続けていた。

当初の脳天気な予定なら、もういくつか貰(もら)った採用カードの中から一社を決め、東京に戻っていてもいい頃合いだ。

キャリア相談のおじさんに指摘された点には気をつけて、面接では笑顔とリラックスを心がけてはいるが、結果に結びついているかどうかは微妙なところだった。

ただ朝が来て、時間を確かめようとスマホに手をのばしたつもりが、新着のお祈りメールを見てしまったことぐらいでは、動じなくなった。

まもりはベッドに起き上がった姿勢のまま、スマホを胸に当て目を閉じる。

(知らなーい、知らなーい、土曜の朝四時のタイムスタンプでこんなメール送ってくるブラック企業なんて知らなーい)

ぺぺぺのぺだ。

「……どうかしたのか?」

隣で寝ていた葉二が、まぶしそうに目を細めて聞いてくる。

「ん?　なんでもないですよ」

さらりとかわして、朝の支度に入った。

「そういえばわたしですねー、この間、献血しようと思ったんですよ」

夜寝る前にスイッチを入れておいた食洗機は、寝ている間にお皿を綺麗(きれい)に洗い上げてくれていた。まもりは皿を元の場所に戻しながら、葉二に言った。

葉二は休日出勤ゆえに余裕があるのか、スーツのジャケットを羽織る手前で水やりをしている。

「は？」

「だから、献血。面接で伊丹まで行ってきたんですけど、阪急の駅前に献血カーが出てまして、ちょっとやって行きませんかと職員さんにナンパされ」

「……ナンパって言うのかそれは」

「気分の問題ですよ。それで中に入って問診と事前検査が始まりましてね、なんと血液の数値が低すぎるってはねられちゃいまして！」

葉二が水やりのジョウロを持ったまま、リビングに顔を出した。

「もーねー、ただでさえ就活でお断りされまくってるのに、血すらいらないって言われるのってどんだけですよ。あははは」

まもりとしては、直近で一番のギャグのつもりだったのだが、葉二は真面目な顔のまま、くすりとも笑わなかった。少しキレが足りなかっただろうか。

「なあまもり。おまえ、今日の予定は？」

「え？　掃除と洗濯して、エントリーシート書いて、月曜に筆記試験があるからその勉強するつもりです……」

「じゃあその掃除と洗濯は、後に回せ。朝飯も作らんでいいから、今からでかけるぞ」

「え、今から？　葉二さん事務所行くんじゃないんですか」

「午後からにするからいい！　そんなことより大事なことだこれは」

「えー」

せめて朝ご飯をと思ったが、葉二はこういう時、言い出したら聞かないのである。本当に連れ出されてしまったのだった。

朝ご飯抜きで電車に乗らされたので、中でお腹が鳴りやしないか、冷や冷やしてしょうがなかった。

「お腹へった……どこ行くんですか」

「いいとこだよ。飯もそこで食えるから」

「え？」

「事務所で小野と秋本が、休憩中に話してるの聞いたんだよな」

まもりは葉二の会社関係のことはノータッチなので、小野さんのことも秋本さんのこともよく知らない。適当に茶髪で若めの、デザイナーっぽいお兄さんを想像してみた。

葉二の職場がある三宮の駅で電車を降りて、神戸阪急とマルイの間の大通りを、港や税関方面に向かってひたすら真っ直ぐに歩き続ける。

進行方向には、神戸市役所の高いビルもあり、ここまで来ると商業地というより、オフィス街の匂いが濃くなる気がした。まもりも一回、近くの会社の面接に来たことがある。もちろん落ちましたが何か。

綺麗に整備された歩道の先に、芝生の広い公園が見えた。それこそ平日のお昼休みに、近隣のOLやサラリーマンが一休みするのにもってこいな雰囲気だと思った。

自分がその輪に入れるのはいつなんだと思ったら、ため息が出た。やはり家に戻って、月曜の準備をしていた方がいいのではないだろうか。

「ほら、あそこ見ろよまもり。どっかで見たことないか?」

こちらの気分を知ってか知らずか、葉二が指をさす。

公園の芝生の脇に、枝ぶりの良い並木道があり、新緑の木陰の下で、何やらテントや車がずらりと並んでいた。人も大勢集まっている。

そこで売り買いされているのは――どうやら野菜のようだ。

「あ、あー! ファーマーズマーケット!」

「な？」

連れてきた葉二が、顔を見合わせて口の端を引き上げた。ドヤ顔というやつである。

しかしまもりも、大人げないそれを突っ込む気にはなれなかった。だって、ドヤられるに値する発見だろうこれは！

(神戸でもやってるんだ)

並木道の入り口に、手作りの『FARMERS MARKET』の立て看板があった。季節の花が、ジョウロいっぱいに無造作に活けてある。青山で毎週開いているマーケットよりも、ほんわかと手作り感があって身近な雰囲気かもしれない。

テントのお店一つ一つを、ひどく懐かしく思いながら覗いていった。

こちらの出店農家は、全国各地から集まっていた東京より地産地消がメインのようで、まもりたちと同じ神戸市内から来ている人たちが多かった。五月の収穫野菜を中心に、産みたて卵やそれらを使ったパンや味噌などの加工品が並ぶ。どれもこれもおいしそうで、目移りしてしまいそうだ。

「……ん？　なんだこれ。インゲン？　スナップエンドウ？」

今の時期は、空豆やグリンピースなど莢入りの豆がよく穫れるが、袋入りで売っているそれらの野菜の横に、ひっそりと知らない野菜が置いてあった。

サイズ的には、ずんぐりむっくり寸足らずのインゲン豆かと思う。つるりと黄緑色をしていて、上の方は丸みを帯び、下に行くにつれて細く尖っていく。しかしインゲンにしては、とにかく短い。質感も豆科らしくない。こんなの見たことない。

「葉二さん、これなんだかわかります？」

「いや、俺もよくわからん……」

葉二も、神妙な顔で首を横に振った。なんと二人とも知らないとは。

こういう時は、売っている人に直接聞くにかぎる。

「すいません、これってなんのお豆ですか？」

「あらーお客さん、莢大根知らへんの？」

店番のお姉さんが、のんびり笑って教えてくれた。

「だ、大根なんですか？　これが？」

「そう。お客さんらがいつも食べてはる、大根はん。あれをね、ずーっとずーっと収穫せえへんでトウ立ちさせるんや。トウ立ちってわかる？」

「わかります。花咲くんですよね」

「そう。どんどん伸ばして、花が咲いて、最後はこういう莢がつくねん」

「へー」

言われてみれば、大根も小松菜などと同じアブラナ科である。放置して花が咲いたところは、小松菜が伸びきった時に見たことがあるが、あのまま放置していたら、似たような莢付きの種ができていたのかもしれない。

「面白いな。トウ立ちさせた大根の莢か。うちのマンションでもできるか……」

「マンションって、プランター？　莢が取れるとこまで育てると、一メートルぐらいにはなるんやけど大丈夫？」

「……やめときます」

「もちろん根っこは大根のままやしね」

葉二が、おとなしく引っ込んだ。スケールが、集合住宅の範疇ではなかったようだ。

しかし畑で胸下の高さまで伸びきった大根というのは、なかなか豪快な風景だなと思った。

「せっかくやし味見してって。ほら」

お姉さんが、味見用のプラ容器を開け、袋で売られている莢大根と同じものを、マヨネーズを付けて食べさせてくれた。

口に入れた歯ごたえはしゃっきりしていて、味は──。

「まもり？」

「の、脳がバグる……見た目インゲンで味がカイワレ大根……ぴりぴりする……」

「なんだそりゃ」

「茹でると辛味が抜けてね、甘くなるんよ。そのへんも炊いた大根と一緒や」

お姉さんは口をおさえて苦悩するまもりを見て、おかしそうに笑った。

「これはもう買うしかねえだろ」

「いっときましょう」

「おおきにー」

袋でばーんと買ってしまった。しかし後悔はなかった。

奥のテントでは、農家の野菜を使った朝ご飯も出してくれていた。なるほど、青山のファーマーズマーケットより開催時間が早めなのは、こういう理由かと納得した。

本日は具沢山のミネストローネと、ピタパンサンドのセットだった。並んで二人分買って、近くの植え込みのレンガに腰掛けて、ちょっと遅めの朝ご飯にした。

「いー匂い。こういうのブランチって言うんでしたっけ」

湯気がたつ熱いスープが、歩き回ったお腹に嬉しい。

ピタパンサンドにも、チキンや人参、ラディッシュがたっぷり詰まっていた。人目をはばからずがぶっといくと、新鮮な野菜の歯ごたえばっちりで、パンはもちもち。これは腹持ちも良さそうだ。

　ここまで堪能しても、まだ見ていないお店が半分近く残っている。朝に食べる用のパンやジャムも欲しいから、そちらもしっかりチェックしておこうと思った。

「なあ、まもり」

「ん？　なんですか？」

「俺はさ、おまえを信じてるよ」

　葉二は出勤用のスーツ姿で、まもりと同じ紙に包まれたピタパンのサンドイッチを、具を落とさないよう慎重にかじっている。

　おまえはA型だよなとか、明日はゴミの日だよなとか、そういう当たり前のことを言う口調だったので、余計に驚いてしまった。

「おまえがどこに行ってもやってけるっていうのは、たぶん色んな可能性も含まれてるってことだよ。普通のレールに乗っかって、今すぐ内定取ることだけが正解じゃないかもしれない。卒業してしばらく海外放浪してから職探したっていいし、それこそ東京でどうしてもつきたい仕事があったら、それを取る道だってあっていいんだ。その時は離れた形でどうしたら続けられるか、俺もまもりと一緒に考えるから」

　葉二は、こちらを見て笑った。

「まもりは忘れてるかもしれないけどな、選択肢は自分で増やせるんだぞ」

どうして葉二がその言葉を、今になってまもりに言ったのかはわからない。確かに一時期、それに似た気持ちを持っていたのは確かで、でも葉二に打ち明けたつもりはなかった。自分でも本当に忘れていたのだ。今の今まで。

（そうか）

まもりがその場で空を見上げると、端の方にビルの直線が映り込むものの、よく晴れて吸い込まれそうな青い色だった。

ちぎれ雲が一つ二つ、海を泳ぐ魚のように浮いている。

肌にあたる風は、木陰と芝生の緑に冷やされて、晴天でも汗ばまず気持ちがよかった。

親子連れが、広場で複数遊んでいる。あどけない子供の声がする。

焦って、怖くて怖くて、色んなものを、感じないようにしていたのだろうか。急に五感が広がったような感覚だった。

「そうは言っても……わたし、葉二さんと離れるのは嫌なんですよ」

「わかった。じゃあそこがまもりの譲れないところだ」

他は気にするなと、言ってくれた気がした。

ありがたくて嬉しくて、まもりは不遜にも調子にのった。

「一緒に暮らすと、いろいろ面倒も多いんですけどね。あのベッド二人じゃ狭すぎるし、洗面台使えないし」

「寝床は買い換えよう。洗面台は話し合おう」

「電車のホームで、酔っ払いのおじさんみたいなことになる時もありますけど」

「……飲むなよ、酒は」

「そういう意味じゃないですよ」

心底こちらを心配して、苦虫を噛み潰したような顔になるので、愛しさがこみあげてくるのだ。

ありがとう。わたしの恋人は素敵なひとだ。大好きなひとなんだよと。

＊＊＊

自分ががんじがらめになっていたと気づくのは、そこから抜けて後ろを振り返ってみた時かもしれない。ここにいたるまでの七転八倒、苦闘で蛇行してきた跡が、見苦しく栗坂まもりの数ヶ月として刻まれているだろう。

正直今は、ここまでが苦しかったと自覚できた程度で、未来が白紙である事実は何も変わらない。だけど、もう少しがんばってみようと思うのだ。
自分にとって譲れないことに難色を示すところは、はじめから縁が無かったと思ってい
い。このままのまもりを受け入れてくれるところが、絶対どこかにあるはずだ。
そんな気持ちで会いに行こう。見つけるのは、世界中の会社でその一社だけでいい。
(……これは、いけるかな？)
そして週が明けた、月曜日の朝。まもりは水やりがてらベランダのプランターをつぶさ
に見て回り、ちょうどいいミニサイズの小蕪を二つほど見つけた。
収穫して土を軽く落としてから、キッチンへ戻ってくる。
水道でよく洗い、葉と本体に切り分けて、葉は細かく刻んで塩を振っておく。
本体は皮つきのまま四つ切りにして、フライパンに油を熱し、中に火が通って焦げ目が
つくまでよく焼いた。
(ちなみにこの蕪さんは——ごま和えにします！　ごまを擂ったすり鉢の中に、あっつあ
っつの蕪を投入します！)
さらにはアボカド四分の一、砂糖、醬油を入れて、ぐりぐりと混ぜる。焼いた蕪の熱で、
アボカドがちょっと溶けるぐらいが良いとのこと。焼き蕪とアボカドのごま和えのできあ
がりだ。

　その頃には、蕪の葉も振り塩で水が出てくるので、ぎゅっと絞ってごまと一緒にご飯に混ぜて、菜飯にしてしまう。

　なんだかやたらとごま尽くしだが、気にするなと思う。しゃきしゃきの菜飯には、白ごまがあってほしい人間なのだ、栗坂まもりとしては。

（お弁当のご飯は冷めてた方がいいから、さっさと詰めちゃおうね）

　二人分の弁当箱に、蕪の葉のグリーンが利いた菜飯を平らに詰めて、冷めるのを待つ。おかずのスペースに、今さっき作った蕪のごま和えと、半分に切ったゆで卵を詰める。メインディッシュは冷凍の唐揚げだが、まあ失敗もないということで許してほしい。

　一通り詰めてみたが、なんだか隙間が多くてぐらぐらしてしまうような。

「――ようし」

　ここはリーフレタスか、ベビーリーフさんに助けてもらおう。

　まもりはもう一度ベランダに行って、プランターに生えた、小さめの葉をむしって戻ってくる。そのままおかずとおかずの隙間を補強する方向で詰めていったら、だいぶ安定した。

（なるほど……ベランダ菜園の野菜って、お弁当に向いてるんだな）

　蕪も葉野菜もそうだが、もともとのサイズが小さいので、どれもこれも一回使い切り。

冷蔵庫に使いかけを戻す必要もなく、ミニマムをむねとする弁当と相性がいいというか。

特にベビーリーフは複数の葉野菜の寄せ集めなので、丸葉、尖り葉、色味も緑から赤系までそろっており、なんとなく華やいで彩りもアップだ。

それでもあとひと押し欲しいなと思い、まもりは冷蔵庫からミニトマトを取りだし、葉二用には莢大根をふんわりラップでレンチンして、唐揚げの周りにぶすぶすと刺してあげた。ちょっとファンキーな見た目になったが、これで良しとしよう。可愛いし。

「ほんとに莢大根ってあったためると辛さが抜けるんだなー……おもしろーい……」

「……何やってるんだ、まもりは」

シャワーを浴びて出てきた葉二が、キッチンにやって来た。

「あ、葉二さん。今日は事務所行く時に、これ持っていきませんか。お弁当作ったんで」

「弁当？　なんだいきなり」

「だってほら」

まもりはここまで考えていたことを、葉二に説明した。

「朝ご飯、いっつも急いでばたばたしてるし、お夕飯も一緒に食べられないことが多いから、せめてお昼ぐらい同じものが食べられないかなと思って」

お弁当を作ってみた次第である。どうだろう。

葉二は蓋（ふた）をする前の弁当箱が二つ並ぶ様を、じっと見ている。

「面接先で、弁当食う場所なんてあるのか？」

「あー……それはほら、公園とか駅とか、何かしらあると思うんですよ」

「わかった。それならこの次は、俺も作ってやるよ。交代でどうだ」

「え、そんな時間あるんですか？」

「夜に台所使っていいなら、二、三品作るぐらい楽勝だろ。朝に飯だけ詰めればいいし。週末に作りだめしてもいい」

「やった。すごい」

ダメ元で提案してみるものである。まさか葉二のものまで食べられるとは。

「……おまえは、ほんと食い意地はってるよな」

「いけませんかね」

「いや、それでいいよ」

葉二は何故か笑って言って、まもりの頭を自分のスーツの胸元に引き寄せた。

できたおかずとご飯がちゃんと冷めたら、お弁当に蓋をして、専用のお箸（はし）を買い忘れたので割り箸をつけて、大きめのハンカチで包んで、準備完了だ。

「行ってらっしゃい」

「まもりも気をつけろよ」

事務所へ出勤する葉二を送り出して、自分の身支度も終えたら、もうひと頑張り。

今日の関西地方は気温が上がるようだが、新しい素敵な会社に会いに行こう。

その後の小話

北野坂の途中から、一本路地を曲がったマンションの三階に、秋本茜が勤めるデザイン事務所『テトラグラフィクス』はあった。

構成は社長の亜潟葉二に、チーフデザイナーの羽田勇魚、同じくデザイナーの茜、アシスタントの小野このみの計四名。まだできて半年の、新米ひよっこ会社だ。

今日はチーフの勇魚が撮影のため出張中で、茜の隣のデスクは空である。にぎやかな人間が一人欠けるだけで、こうもオフィスは静かになるものかと思う。

「………肉」

「え、秋本さん、今なにか言いましたか？」

言ったとも。

茜はパソコンでトリミングした薄切りラム肉をいじりながら、切ないため息をついた。

「肉だよ、肉。ねえこのみさん。一生のお願いだからこのあとのランチ、焼き肉にする気はない？」

「はい？　焼き肉？」

「もうね……さっきから屋上ジンギスカンのイベントポスターなんて作ってるせいで、肉摂取したい欲求がひどくて。ジンギスカンのラムを食わせろなんて言わない。駅前の『わかまつダイニング』でカルビランチどうよ」

「いいですねー！」

小野このみは、ノリのいい女だ。流行のスイーツも、ガード下のホルモン焼きも、同じトーンでＯＫを出す。くしくも時計の針も十二時を指し、社内的にも昼休みになった。

「それじゃ、お昼行ってきます」

茜はてきぱきと財布とスマホだけ持ち出しの鞄に入れると、混み合う前にとっとと出るかと立ち上がる。

「社長ー。社長はどうされますかー」

同行するこのみが、部屋に一人になるボスにも声をかけた。一応、礼儀のつもりのようだ。

デスクで今さっき茜が提出したラフのチェックをしていた葉二が、切れ長の目をこちらに向けた。仕事でこの顔をする時は、たいてい駄目出しをする時なので、茜は反射的に緊張した。

「俺は、持ってきてるからいい」

「ですよねー」

　このみが笑顔でうなずく。これもわかっていた答えのようだ。

（だから無駄だって）

　何しろこのイケメン鬼社長、最近ネタ化が著しく、職場に弁当まで持ち込むようになったのだ。明らかに女に作ってもらった弁当を、自席で黙々と食べているので、勇魚もからかいが追いつかない有様である。

「いいなあ、手作り。今日はどんなのですか？」

　気軽に覗くこのみにならって、中身をちらりと見てみるが、まあお手製の一口カツにはじまりピーマンのきんぴら、ミニトマトの中身をくりぬいてツナマヨを詰めて焼いたもの、隙間はカラフルなレタスで飾りつけられ、ご飯はミックスベジタブルではない豆ご飯と、凝りに凝っている。同棲しているか何か知らないが、仕事でジンギスカンに飢えて焼き肉に繰り出そうとしている女は、死ねと言われている気分だ。

　こういうものをせっせと作って、尽くす女がもてるのだろうか。ああやだやだ。

「……いいですね、お野菜たっぷりで。どんどん品数増えてるし、彼女さん大変じゃないですか？　負担多そう」

思わず嫌みを言ってしまう茜だったが、

「いや、今日のは俺が作った」

「は？」

今、なんて言ったこのスカした社長殿は。

「正直に言うならな、秋本。味や手際に関しちゃ、自分で作った方がよっぽどまともなもんが食えるんだが、こういうのは気持ちの問題もあるからな」

妙にしみじみと言った後、自分で作ったという、ふっくら優しい色合いの豆ご飯を食べはじめるのである。グリンピースご飯て、田舎のおばあちゃんかよ。

「ちなみに今日は勝負の日らしいんで、カツで験担ぎしてみた。中身は紫蘇と車麩で、味付けは赤味噌だ」

「……なんかもう、とっとと結婚しちまえよ」

「おまえいいこと言うな」

だめだ。頭が痛くなってきた。

「秋本さーん。行きましょうよ。お店混んじゃいますよー」

いつのまにかこのみが玄関前に移動していて、茜を呼ぶ。

まあいい、うちの社長が変わっているのは、今に始まった話ではない。

手作り弁当でヘルシーランチをすませる奴もいれば、今から外に牛をしばきにいって腹を満たす奴もいる。それが自由ということなのだ。

「ごめん、お待たせ」

「早く早く」

うちの事務所は、たぶん平和だ。

四章　まもり、雨上がりに芽は出るか？

六月の第一週。その日のまもりの面接先は、大阪市内にある文具メーカーだった。

会議室の椅子に座り、居並ぶ面接官の質問に答えていく。

「栗坂(くりさか)さんが、学生生活で特に気をつけてきたことはなんですか？」

「はい。両親との約束です。具体的には、一人暮らしの早寝早起き、防犯意識を高めること、そして新鮮な野菜を三食沢山食べることです」

リクルートスーツ姿のまもりが、はきはきと真面目に答えたら、長机の向こうのおじさんたちが、微妙に口元を緩ませた。露骨にぶっと噴いた人もいた。

「それであれなの？　自己PRの特技に『ベランダ菜園』って書いたの？」

「はい」

「写真これ、すごいね。畑みたいやないの」

エントリーシートの自由記入欄に、アピールとして書いた園芸ネタに気づいてくれたようだ。まもりが現在育てている薔薇(ばら)やみかん関係を中心に、かつて育ててきたステビアやこぶみかん、ニオイスミレの写真も切り取って貼ってある。ついでに今住んでいる六甲(ろっこう)のマンションの、『グリーン！』なベランダ菜園の状況も最新の記録として貼り付けたので、かなり緑色な履歴書になっているかもしれない。

こういうところをまず面白がってくれるのは、大阪の人に多くてありがたい。どの植物にも思い入れたっぷりなので、聞かれれば作った料理のエピソード付きで答えられた。ステビアで大失敗した話をしたら、机を叩(たた)いて爆笑された。

「畑は遠いですし、スーパーは夜に閉まりますが、ベランダならいつでも野菜がとれるんです」

「わははは」

「最初は冷蔵庫の野菜一つ満足に管理できなくて、普通に暮らすことがどれだけ難しいか痛感しました。不自由なく育ててくれた両親にも、感謝の気持ちがわきました。そこから少しずつ野菜の育て方を、実地で勉強していったんです」

話しながら思い出すのは、大学に入って練馬(ねりま)で過ごしてきた、この数年間だ。隣人の葉二(ようじ)に教えられ、園芸店の志織(しおり)に教えられ、沢山育てて食べてきた。全部まもりの血肉になって生きているはずだ。

「植物は、水をやり忘れたら枯れてしまいます。水をやりすぎても枯れてしまいます。自分からは喋らない野菜の特性をよく知って、よく観察して、その日の気候とも相談して、臨機応変に向き合わないとおいしい野菜はできません。どうしたらその子が一番快適に生長してくれるかを考えていく姿勢は、実際の社会の中でも活かせるのではないかと思いました」

まもりの話に引き込まれてくれる人たちに向け、一呼吸入れて続ける。

「インターンシップで総務の仕事をお手伝いした時、会社は個性豊かな菜園だなと思いました。外のお日様に向かって伸びていく営業部や企画開発の人たちを、枯らさないよう守って整備する。そういう縁の下の力持ちに、御社でぜひなれたらと思っています」

「――なるほど」

面接官たちは、一様にうなずいた。

ここまでの手応えは、おおむね悪くないように思う。

「あー、でもそういえば君、生まれも大学も関東の人なんやっけ？　やっぱ本命は東京の大手やったりする？」

――来たと思った。

質問をしたのは大仏眼鏡と同年代の男性で、にこにこ気さくに笑いながらで、意地悪を言っているつもりはまったくなさそうだった。

　自分の視野を広げるための就職。東京以外の場所を見てみたかったから。エトセトラ、エトセトラ。あれから必死に考えた面接向けの回答が、まもりの脳裏を何十とよぎった。でもまもりは、あえてその答えを投げ捨てた。

「いいえ、東京で就職することは考えていません。将来を約束した人が関西で働いているので、東京で就職してしまったら長く働けません」

「へえ」

　落としたかったら落とせ。これがまもりの譲れぬことなのだから。

「わたしは結婚しても、いずれ子供を授かることがあったとしても、ずっとずっと働いていくことを希望しています」

　相手から目はそらさず、できるだけ堂々と言い切った。

「――それなら、うちは悪くないと思いますよ。産後の復帰率も高いですし、制度も整っている方ですから」

　言うなればそれは、ひどく流れの速い水の中で、救いの手が伸びてきたようなもので、まもりは息が止まりそうになった。

　発言したのは末席にいた、女性面接官だった。

「は、はい。それは……素敵なことだと思います……」

「何か他に、栗坂さんから質問しておきたいことはありますか？」

別の面接官に尋ねられ、まもりは一生懸命、気持ちを切り替えて考えた。

「もし御社に入社できたら、一日も早くお役に立てるようになりたいです。どういう勉強をしておくべきでしょうか」

「そうですね。仮に総務に配属されることになったら、社内社外問わず人と関わる業務がメインになります。日々のコミュニケーションを大切に、それとOA機器の扱いは練習しておいてください」

「わかりました」

「だめよ、大事なことを言っていませんよ田中部長。まずは将来の旦那さんとよく話し合って、共働きなら家事分担をしっかりしておくこと。最初が肝心なんだって」

さきほどの女性面接官に言われ、中央の『田中部長』が「参ったな」と苦笑した。他の面接官も大笑いした。

「面接は以上です。お疲れ様でした」

社長や役員たちの笑いに包まれながら、まもりの面接は終了した。

緊張しすぎていまいち現実感がないが、ここまでお笑いに満ち溢れた最終面接は、初めてだった気がする。

控え室に荷物を取りに行くと、これから面接を受ける学生が残っていた。

「――ど、どんな感じやった？　怖い人おらんかった？」

隣の椅子で順番待ちをしていた女子学生が、口元を手で隠しながら聞いてきた。

中性的で目が大きくて、それこそ宝塚の男役にいそうな雰囲気の子だった。

「なんか……共働きは最初が肝心だって」

「はあ？」

彼女は目を丸くした。そしてそのまま、他の学生たちにも伝えた。

「みんなー、共働きは最初が肝心なんやて」

「なんじゃそれ」

「ぜんぜん参考にならん」

控え室の雰囲気まで、どことなくお笑い風味だ。

会社のエントランスを出ると、それより高いビルがいくつもそびえる、梅田の街が広がっていた。

（よし、お昼食べてから帰ろう）

JRで家に帰る前に、大阪ステーションシティのエレベーターに乗り、屋上庭園で遅めのお弁当を広げた。ここはベンチやテーブル席が多いので、気兼ねなく持ち込み弁当が食べられていいスポットだ。場所を変えると、大都会なのに季節の野菜が育つ畑があったりもする。

今日は葉二が作ってくれたものなので、蓋を開けるのが楽しみだった。

（おお、豆ご飯だ。カツもついてる！）

ぱかっと開けて、まもりは快哉を叫びたくなった。

初夏のこの時期に収穫できる、未成熟のエンドウ豆。いわゆるグリンピースだ。それを莢から外して、塩少々と昆布だしと一緒に炊飯器で炊くのである。

冷凍グリンピースはさんざん食べ、豆ご飯も小学校の給食でさんざんお世話になった身だが、生のお豆と一緒に炊いた豆ご飯は別次元だと、作ってもらって初めて知った次第である。

冷凍のそれより色味こそ落ちるが、しっとりやわらくて臭みもなくて、お塩だけの味付けが地味に感じることもない。米飯の白に落ち着いたオリーブグリーンのドット柄が、お弁当の仕切りの中で頼もしく輝いていた。

「うーん、うま……」

そしておかずのカツは、実は豚カツではなく、中身はお麩だ。白だしにひたして戻した車麩を絞り、チューブの味噌ダレを塗りつけてから、ベランダの紫蘇をまいて豚カツの手順で揚げてある。

（まんまお肉かっていうとちょっと違うんだけど、はぷはぷしてハンペンのフライみたいでおいしいんだよね）

そのままだとやや物足りないが、決め手はやはり薬味の紫蘇と、名古屋の赤味噌ダレだろう。以前、神戸に来る途中に立ち寄った本場の味噌カツが大変おいしかったので、家庭用に売っていたものを見つけて購入したのだ。今はフライにハンバーグの下味にと、便利に使わせてもらっている。

こちらは週末に、葉二が作りだめして冷凍しておいてくれたものだ。下味付きでソースいらず、冷めても味が落ちないところも、お弁当向きだろう。最近各種のお麩にはまっているまもりを、充分満足させてくれた。

きんぴらの隙間にミニトマトなども入っていて、トマト嫌いの葉二が食べられるか心配になったが、ツナごとトースターでしっかり焼いてあるから平気のようだ。これぐらいなら大丈夫なのかと、まもりが作る時の参考にもなった。

日向のベンチでもりもりお弁当を食べていると、フェンス越しに梅田スカイビルが見えた。

（なんかいいとこだったな）

今日受けた会社だ。今頃になって、終わった実感がわいてくる。みんな最後は笑っていた。

落ちたら悲しいので、あまり考えないようにしていることだが、こういう会社に採用してもらえたらいいなと思ったのだ。

神戸のマンションに帰ってから、採用以外で一ついい話があった。

ちょうど葉二が帰宅したところに電話がかかってきて、相手は茨城にいる葉二の父、辰巳のようだった。

「――え、産まれた？」

葉二はリビングに立ち止まって、スマホを握り直している。

まもりも風呂から出たばかりで、思わず冷蔵庫の水を取る手を止め、耳をそば立ててしまった。

しばらく話しこんでから、葉二が通話を切った。

「どうかしたんですか？」

うずうずしながら聞いてしまった。

「兄貴んとこ、無事産まれたってさ。女の子だと」

「やっぱり！」

香一と以慧夫妻の子供だ。

六月が予定日だと聞いていたので、そろそろ知らせが来てもいいとは思っていた。母子ともに無事で、何よりである。

「今お袋、以慧さんと赤ん坊の世話するために、愛知まで行ってるんだと」

「うわ、すごいですね」

「それはいいんだけどな、その間つくばの家の菜園は、親父に一任されてるらしくて、どうすりゃいいんだって色々聞かれた。すげえ途方にくれた声で」

まもりは笑うしかなかった。

ソファに腰をおろした葉二のスマホに、あらためて写真が転送されてきた。

まもりも横から覗かせてもらうが、真っ赤でくしゃくしゃで、でも小さくて可愛い赤ちゃんだ。

「うわー、ちっちゃい。超可愛い」

「ちなみにここまでな、兄貴から連絡ゼロ」

「いいじゃないですか。お祝いしなきゃですね」

「ああ、出産祝いか？　なら今度、ハーバーランドあたりにでも行くか。なんならいいんだろうな」

葉二と一緒に新しい命の誕生を喜び、思う存分目を細めさせてもらった。

「そういや、どうだったまもり。今日の具合は」

「あ、もちろんばっちりでした。ここのベランダでも、次はエンドウ豆植えましょうよ。時代はお豆ですよ。カツもお弁当のおかず向きで」

「そっちじゃねえって。面接だ面接」

「あははは」

まもりは続けて笑って、そのままこてんと、葉二の肩に自分の頭を載せた。

「タンカ切ってきちゃいましたよ。結婚しようが何しようが、辞めるつもりはありませんが何かーって」

「また振り切れたな……」

「成り行きですけどね、完全に」

でも言ってみて、間違っている気もしなかった。口の中がいつまでもざらざらしたり、嫌な気分になったりはしなかった。もっと早くこうすれば良かったかもしれない。

「受かるといいなあ……」

風呂上がりの体はぽかぽかと暖かく、まもりはそのままうっかり、葉二を枕に寝落ちしてしまったのである。

＊＊＊

翌日は試験も面接も、何もない日だった。

葉二が本日分の弁当を持って事務所へ行ってしまうと、まもりは自動的に一人になった。

玄関でにこにこ手を振っていたところから、元のニュートラル・まもりに戻って、リビングに引き返してくる。

（さー、何をするかなー）

まずは一人だけの部屋の中を、意味もなくぐるぐると歩き回ってみたり、ソファの上で複雑なヨガのストレッチに挑戦してみたり、フローリングにワイパーをかけてお茶を濁してみたりした。

そう、お茶を濁すである。

「……わかってるんだよ。他にやることあるのはね」

ワイパーの柄に顎をのせたまま、まもりはぼやいた。

本当ならここで気を緩めるのではなく、さらにどんどんエントリーシートを書くなりなんなりしなければいけないのだろう。わかっている。しかし、昨日の今日でなんだか気が抜けてしまっていて、半端に空気が抜けたゴム風船のような感覚だった。蹴るとぼよんぼよん飛んで止まるような。

表の道路を、保育園児がお散歩で歩く声が聞こえてくる。

みなさん、とても楽しそうだ。

(………わたしもお散歩でもするかな……)

このやる気のなさときたらもう。今だけ、ちょっとだけよと言い訳をして、靴をはいて表へ出た。


神戸に来てけっこうな時間が過ぎたわけだが、特に観光へ行くこともないので、知っている場所はそう多くない。買い物のための商店街と、駅前のスーパー。あとは面接で行く先の駅周辺と、家の往復がほとんどだ。

坂の多い近所の道をてくてく歩いて、一番近くにある神社の鳥居をくぐり、参拝をした。

こちらの神社、名を六甲八幡神社という。

実家にいる時は、お寺の川崎大師が身近な参拝場所だった。練馬に行ったら、道真公の北野神社。思えばわりと、神頼みはしてきた方かもしれない。

賽銭箱に五円玉を投げて、平日午前中の、人が少ない境内で手を合わせる。

(どうか、内定取れますように)

こちらに来てから、ほぼ同じことしか願っていない気がする。しかし、こういうものはぶれたら最後だと思うのだ。

「──はっ」

もしや、そのワンパターンがいけないのだろうか。まもりの心に一瞬迷いが生じるが、いやいや初志貫徹だと思い直す。一礼して主殿を後にした。

それからまた坂道を、別の辻からぶらぶらと降りていく。

何かもう少し、やる気の足しになるものはないものかと、あちこちさまよい歩いていくうちにたどり着いたのは、JRの高架下の園芸店だった。

──たぬきの店だ。

実際には『グリーンわたぬき』という、立派な店名があることも、今は知っている。しかし第一印象とは恐ろしいもので、路面の見えるところに飾られた信楽焼のたぬきが、まもりにとっての看板と言ってよかった。

開店したての売り場に並ぶ苗や鉢は、今日もきちんと水をかけてもらって、ぴかぴかだった。それを見ているだけでも、商品が大事にされているようで嬉しくなってくる。

ホースで水をまいているのは、例の志織そっくりな店主である。

（綿貫さんだ）

お名前は、以前聞いたところによると、綿貫幹太さんと言うらしい。

まもりが野菜苗のコーナーにやってくると、彼は静かに「いらっしゃいませ」と言い、別方向のパンジーに水をやりはじめた。

志織と似ているのは外見だけで、こちらは思ったよりも寡黙な人だった。

売り場にいるのはまもりと彼だけで、まもりがコーナーから動かないでいると、水やりを一周してしまった向こうが、また近くにやって来た。

何か言わねばならないと思ったのか、散水を続けながら幹太が言った。

「今日は、お仕事はお休みですか？」

ヘアサロンのような質問だ。

「……いえ、実はわたし学生でして。こっちには、就活で滞在してるんです……」

「えっ、じゃあ二月の末から？　ずっと？」

「…………はい。決まらないんで……ずっと……」

ごめんなさい。泣いていいだろうか。自分で言った台詞がエコー付きで再生され、穴があったら入りたかった。

「……さすがにそろそろ、決まっても決まらなくても、大学戻らなくちゃって思うんですが……色々まずいんで……」

「……なんかほんと……申し訳ありません……」

「いえ、事実ですし……」

事実だから泣けてくるというか。

「とんでもないです。自分、はじめは美容師やってたんですよ。その時から空気読まないことだけは一流だって、よく言われてまして」

幹太は一生懸命失言を謝罪しつつ、大きな体の肩を落として教えてくれた。

「家業継ぐのも、商品の知識はともかく接客で地雷踏むことが多くて。面目ないです」

「そうなんですか……」

世の中、本当に色々だ。

葉二のように、フリーを経て起業する人あり。幹太のように、実家のお店を継ぐ人あり。なんにも決まっていない、まもりのような宙ぶらりんあり。

「何かお探しだったんですか？」

「探すというか……このインゲン豆の苗を買おうかなあ、どうしようかなあって」

まもりは指をさす。

エンドウ豆の苗よりやや尖（とが）ったハート型の葉が、ポットに繁っていた。だいぶ育ってい
て、植え替えてしばらくすれば、もう花が咲きそうなぐらいだ。

「サヤインゲンですか？　これはつるなしですから、プランターでも育てやすいですよ」

「そうなんですよねえ。最近エンドウ豆を炊いた豆ご飯がおいしかったんで、豆ブームだ
ったんですよ。でも収穫時期が今ってことは、植え付けはもっともっと前ですもんね」

「だからサヤインゲンを？」

「同じマメ科ですし、エンドウ豆みたいに、待ってたらお豆だけ炊いて食べられないかな
って」

「いえ、それは無理ですよ」

幹太はあっさり言い切った。

「あ、あれ、だめなんですか？」

「ぶっ飛んだこと考えますね」

追い打ちまでかけられた。

「ぶ……でも確か和菓子の白あんとかって、インゲン豆が材料じゃなかったですかね」

「ここにあるのは、若い莢を食べる軟莢種ですよ。白あんに使うのは、手亡や大福豆なんかの、白インゲンでしょう。あれは中の豆だけを成熟させて食べる、硬莢種です。ものが違いますから」

なんと。そこまで棲み分けがされているとは。

「じ、じゃあ、この莢を食べる用のサヤインゲンを放置してたところで……」

「硬くなって食えたもんじゃなくなります」

「すみません、やっぱりやめときます……」

さようなら豆ご飯。ほくほくの煮豆さん。まもりはしょんぼりしながら、ポットの苗を手放した。

「……どうしても豆が今から食べたいんでしたら……」

幹太はそれだけ言い残すと、店の奥へ行き、また真面目な顔で戻ってきた。

「これなら、梅雨明けからまけますよ」

『本金時』と書かれた、種袋だった。

パッケージの写真は、完全に莢に入ったインゲン豆のビジュアルである。ただし中の豆が、はっとするほど赤い。

「金時豆です。別名赤インゲン」

「赤いのもあるんですか！」

「これは早取りで莢を食べることもできますし、秋になってから中の実を完熟させて食べることも、両方できますよ。煮豆や甘納豆に使います」

「あ、あー……なんか金時豆って、お惣菜コーナーで見たことあるかも」

「実家のばあちゃんは、よくこれで炊き込みご飯を作ってくれました」

完全にそれが決め手だった。炊き込みご飯はマストである。

「買います」

奥のレジで、チーンと精算をした。

幹太はまもりに、まく時に使うプランターのサイズや、使う土の種類、水のやり方や病気への対策なども、わざわざメモに書いて、かなり詳しく説明してくれた。

「わかりました。がんばります」

「あと、栗坂さんこれ」

種と一緒に渡してくれたのは、小さなポットに入った——パセリの苗だった。

「さっき失礼なことを言ったお詫びです。良かったらどうぞ」

「え、別にそこまでしていただかなくても」

「花言葉が、『勝利』なんです。縁起をかつぐのも大事だと思います」

まもりはもう——すっかり感動してしまったのだ。

確かに少しだけストレートで、口からお世辞が出てくるタイプではないかもしれないが、むちゃくちゃ有能な人ではないか。

「……大丈夫です綿貫さん。向いてると思いますよこのお仕事」

「本当ですか？」

「はい。きっと志織さんの遺志を継げると思います」

だから死んでないってば志織さんは。頭の中で突っ込みが飛びつつも、なんだか自分もやる気が出てきたのである。


そして出したやる気は、マンションに戻って植え付けでいかんなく発揮した。

バケツに余っていた赤玉土と腐葉土を混ぜたものに、ちょっとだけ化成肥料を足して、小ぶりの鉢に半分ほど詰めると、『グリーンわたぬき』で貰ってきたパセリの苗を、ポットを外して植え付けた。

綿貫さんいわく、通気性よく湿気がこもらないようにしてやるのが、育成のコツらしい。

よっていつも葉二が野菜用に作っているものより、赤玉土の量を多めにしてやった。

隙間を土で埋めて、ジョウロで水が下から出てくるまで水やりをすれば、一丁あがりだ。

ファミレスのお皿によくのっている、付け合わせのパセリが、植木鉢一個分もじゃもじゃしている様は、なんだか可愛らしくもあった。

「しかしてその実体は勝利のハーブ……なにとぞよろしくお願いします……」

思わずサンダルをはいてしゃがんだ格好のまま、なむなむと両手を合わせてしまう。

そして完全に一仕事終えた気分になって、ベランダからリビングに戻ってくると、テーブルに置いた『本金時』の種袋を手に取った。

（あとは……金時豆か）

これは梅雨明けでないと植えられないと言うので、今は無理だ。

その頃まで自分は、ここにいるだろうか。

冷静になって問いかけると、かなり難しい問題だった。

いっそ潔く練馬に帰って、あちらで植えてしまおうか。半分本気で考える自分がいた。

東京で指野（さしの）教授のゼミに出て、卒論を書きながら、面接の時だけこっちに来て日帰りを繰り返せば、豆ぐらい育てられるかもしれない。死ぬかもしれないが。

（…………も、いいや。まずはお昼食べちゃって、それからエントリーシート書きながら考えよう……）


今日の昼食は、葉二に作った弁当とまったく同じなので、新鮮味がないと言えばない。

そのままキッチンに向かおうとしたら、テーブルに置いてあったスマホが鳴り始めた。

現在時刻は、十二時五分前。通話の着信ランプ。

画面に出ているのは——大阪の市外局番だ。

寝ぼけていた目が、一気に覚めた気がした。すぐにまもりは、電話に出た。

「はい、栗坂です」

『お忙しいところ恐れ入ります。わたくし株式会社マルタニ人事部の、伊藤と申します。ただいまお時間を頂いてもよろしいでしょうか』

昨日の面接先だった。

「は、はい。問題ありません」

そこから始まったやりとりは、ごく短いものだった。

途中、メモを取る必要が出てきて、慌ててそのへんのチラシとボールペンをたぐり寄せた。

「……はい、はい。どうもありがとうございます——失礼いたします」

頭を下げながら通話を切り、そのままの姿勢で固まってしまう。なんだろう、自分の耳は、ちゃんと機能していただろうか。話すことはできていただろうか。

これは現実のこと?

嘘じゃないよね。

そう嘘じゃないなら――。

まもりは目の前のベランダへ飛び出して、植えたばかりのパセリの鉢を掲げて、ぐるぐると回った。それだけでは飽き足らず、みかんのミッチー、薔薇のマロン、紫蘇にネギにミントにローズマリー、持てそうなものはみんな持ち上げて礼を言った。

窓際のネットに這うグリーンカーテンや、大型のプランターの野菜は、自分から突っ込んでいって抱きしめた。

頬に葉がちくちくと当たって、緑と、湿った土の匂いがした。

(君たちのおかげだ!)

栗坂まもり、採用決定であった。

『結果出た。勝った』とパセリの写真と一緒にメッセージを送ったら、ちょうど葉二も昼休みだったらしく、『速攻で帰る』と即レスが来た。

そして彼は、本当に速攻で仕事を終わらせ、午後六時過ぎには六甲のマンションに顔を出したのだから、有言実行の人であった。

葉二は玄関で、出迎えにきたまもりに開口一番聞いた。

「勝ったんだな」

「はい、採用だって」

実際に聞くまでは安心できなかったのか、それで葉二ははじめて、しかめっ面を解放して破顔した。

「リクエストは寿司だったよな。魚買ってきたから、ちらし寿司作るぞ」

「やったー」

まもりは素直に、万歳をした。

葉二が寝室で着替えている間、まもりは葉二がスーパーで買ってきたものを、キッチンに運んだ。中身はボイルした海老と、サーモンの刺身と、ぷちぷちの飛子と、カンタン酢飯の素。

まずはいったん生ものをしまおうと、冷蔵庫のドアを開けた。いかにも手作りちらし寿司だと、うきうきしてくる。

「……米は炊いといてくれたんだよな──どうした、まもり」

ジャージ眼鏡に戻った葉二が、キッチンに入ってきながら尋ねてくる。

「あー、気にしないでください。ちょっとまたやっちゃっただけなんで。お弁当のおかず、食べそこねました……」

まもりは皿にラップをかけた状態で忘れていた、冷凍ミニハンバーグと塩鮭と卵焼きを、振り返ってその彼に見せた。

「……おまえそれ、昼に食うとか言ってなかったか？」

「その直前に電話がかかってきて、頭パーンてなって色々吹っ飛んだんだと思う……」

思えばあの後自分は、何を食べただろう。今となっては、記憶も曖昧（あいまい）だった。

「まもり。なんだその目は」

「なんだって、なんですか」

「俺はな、これからちらし寿司を作ろうとしているんだぞ。そんな目で人を見るな」

「被害妄想じゃないですか」

ただハンバーグと塩鮭と卵焼きが、明日の朝まで持ち越しだなと思っただけだ。特にハンバーグは一回解凍済みで、味はさらに落ちるだろうが、それがなんなのだ。

全て自分のうかつさが悪いわけで、黙って冷蔵庫へ戻そうとしたら、横からひったくるように、皿を奪い取られた。

「ああくそ。わかったよ。これも使ってやるから」

「よ、葉二さん？」

「本気で俺はまもりに甘すぎるかもしれん……とりあえずベランダ行って、紫蘇とシシトウ。あとパセリ植えたって言ってたよな。それもちょっと持ってきてくれ」

勝手に命令するやいなや、炊飯器の飯を大きなボウルに空けはじめた。

「……いや、ちょっと待ってください葉二さん。紫蘇とシシトウはともかく、パセリはまだ小さいですよ」

「いま必要なんだよ。なんなら後で買い足してやってもいいから。大さじ一杯分ぐらいよろしくな」

葉二は酢飯の素の説明を読みこみ、こちらを見ようともしない。

まもりは絶叫した。

「嫌ぁ――っ！」

そしてベランダでパセリの鉢を抱えて籠城（ろうじょう）するまもりと、それを掃き出し窓から苦々しく睨（にら）む葉二という構図ができあがった。

「……そんなに嫌か」

「……これはただのパセリじゃないんです。栗坂の就活連敗記録を止めてくれた、勝利のパセリ。いずれ歴史に名を残し、大英博物館かスミソニアン博物館に展示される日も遠くなく」

「ねえよ。パセリは二年草だっての」

「わがまま言ってるのは、百も承知です。でも今この子を丸ハゲにするのは勘弁して……！」

「わかるか。今俺たちはものすごくアホなことで言い合ってるんだぞ」

「されど譲れぬことはあり」

硬い口調で反論したら、葉二がため息をついた。

「ならかわりにミニ人参、何本か抜いて持ってきてくれ」

「ら、らじゃー！」

まもりはさっそく、パセリの鉢を置いて、回れ右。プランターにあったミニ人参を引っこ抜いた。

「取ってきましたよー」

キッチンの葉二のところに持っていく。

「洗ってから、葉の柔らかいとこだけむしっとけ。それパセリのかわりにするから」

「な、なるほど」

同じセリ科で代用がきくのは、確かだった。言われた通り、硬い茎から葉をむしり取る。

葉二は先に収穫しておいたシシトウの軸をとり、魚焼きグリルに入れて火をつけた。

さらには紫蘇を千切り、まもりが食べそこねた塩鮭半分も、箸(はし)でほぐしてしまう。

「そんで、できあがった酢飯を二つに分けるだろ。片方にほぐした塩鮭と紫蘇を入れて、ざっくり混ぜるわけだ」

「塩鮭、そんなに量はないと思うんですけど……」

「これは土台みたいなもんだから。ちらし寿司だし、具は上にも載せるしな。まもり、サーモンの刺身持ってきてくれるか」

「あいさー」

わがままを聞いてもらったぶん、せめて身軽に動こうと思う。

葉二は冷蔵庫から持ってきたサーモンの刺身を、包丁でサイコロ型に切った。

「そろそろシシトウも焦げてきた頃だろ……よしよし、いい感じだな」

グリルを開けると、くたっと柔らかく、そして表面に香ばしい焦げ目ができたシシトウが出てきた。これも半分に切ってしまう。

「こいつとサーモンの刺身を、みりんと醬油(しょうゆ)を混ぜたのにからめて、下味をつけておく」

「ここまでできたら、盛り付け開始だ。皿に酢飯を平らに盛って、上に下味つけたシシトウとサーモンを適当に散らして、茹でた海老と飛子も散らす。まもりも手伝えや」

「というかこれ、すっごい綺麗ですね」

葉二にならって手を動かすが、刺身のサーモンのオレンジ、ボイル海老のピンク、さらにはシシトウと紫蘇のグリーンが、ほのかに塩鮭色のご飯の上で円陣を組んでいる。最後に粒が細かい飛子も散らして、ものすごく彩り豊かでビビッドな配色だ。

「よし。ちらし寿司、和風バージョンできあがり」

「洋風もあるってことですか？」

「そういうことだ。まだ卵焼きとハンバーグが残ってるだろ」

なんてこったい。

葉二のちらし寿司作りは続いた。

収穫したミニ人参の本体を粗く刻むと、ホールコーンと一緒に熱したフライパンに放り込んだ。味付けはめんつゆで、軽く炒めていく。

「だいたい炒まってきたら、残った酢飯のボウルを用意」

「ここに！」

「炒まっためんつゆ人参コーンを酢飯に入れるだろ。さっきの人参葉を細かく刻んだのと、さいの目に切ったプロセスチーズも入れるだろ。まもりの崩れた卵焼きと冷凍ミニハンバーグも、切ったあと半分だけ突っ込む」

崩れたは余計だ。

「それを全体にざっくり混ぜて皿に盛ると……」

「あ、なんか豪華に」

「残ったハンバーグと卵焼きを上に飾れば、ちらし寿司の洋風バージョンができあがりだ」

「おおー……！」

まもりは感心しながら拍手した。

こちらも人参、卵、コーン、チーズにパセリ代わりの人参葉と、色とりどりで目に嬉しい。何より、どーんと牛肉なハンバーグの存在感が、非常にご馳走らしかった。とてもお弁当の残り物とは思えない出来映えだ。

——かくして。

まもりの就職内定の祝い膳は、二種のちらし寿司とインスタントのお吸い物、そしてデザートにちょっとお高めのさくらんぼがついた。

「それじゃま、めでたいってことで」

「乾杯ー」

葉二はビール、まもりは無糖炭酸にミントとレモン果汁をたらしたグラスを重ねた。

（んー、すっきりさっぱり！）

一口飲めば、さわやかな喉ごしにかすかな酸味と清涼感で、芯から生き返る気がした。砂糖と柑橘果汁多めのバージン・モヒートもいいが、食事と一緒にとるなら、これぐらいさっぱりしている方が、口に残らなくていいようだ。

乾杯が終われば、リクエストのお寿司が待っている。

「わー、どっちから食べようかな。和風がいいかな。洋風がいいかな。なんか崩すのがもったいないぐらいだな」

「何を悠長なことを言ってるんだよ」

「あ」

情緒を解さぬ無粋男は、早々に二つの大皿にしゃもじを入れて、がばと自分のぶんを取り皿に移してしまった。

「どっちも下味ついてるから、これ以上醤油とかはつけなくていいからなー」

「……いや、うん、いいですよ。お気遣いありがとうございます……」

　こうも豪快にやられると、ためらいも何もなくなって、いっそ後腐れなく食べられる気がする。

　まもりはまずは、和風ちらしから行くことにした。

　紫蘇と塩鮭がベースになった酢飯に、軽く醤油で味付けをした具材の数々。お寿司にキュウリが入っているのはよく見るが、焼きシシトウが具になっているのは珍しい気がする。

　思い切って、酢飯とシシトウを食べてみる。

（ん……種がぷちぷちしてる）

　しんなりしていて、でも夏野菜の風味がとても濃くて。これは面白い食感だ。

　続けてサーモンとも食べてみるが、焦げ目のついたシシトウのほのかな苦みが、脂の多い刺身との相性抜群なのであった。まさかシシトウに、薬味のような役割まで期待できるとは思わなかった。

「香りもいいし、サーモンのお刺身にも合いますね」

「塩鮭混ぜ込んだのも、味が薄くならなくていいもんだな。具の刺身が少なくてもなんとかなるし」

それを言ったらおしまいよ。まもりは食べながら笑った。

引き続いて、洋風ちらしにもチャレンジしてみる。

（……ハンバーグ……ハンバーグ入りか……）

牛肉メインのちらし寿司というと、かなり色物で突飛な気もしたが、思えば回転寿司のレーンで、ハンバーグ握りや牛カルビの握りは大人気ではないか。海老フライだって天ぷらだって、回転寿司のレーンをぐるぐる回っている時代なのだ。

先入観を捨てろまもりと、まっさらな気持ちで食べてみるが、お弁当用のハンバーグに濃厚なチーズと酢飯は、思いのほか馴染み（なじ）がよかった。めんつゆ風味のコーンと、人参の歯ごたえも利いている。まもりが朝に作った卵焼きも、やや甘めだったのだが、この場合は正解だったようだ。

「どうだ？」

「これは……心の中の五歳児がキャーと喜ぶ味です……」

「なんだよそりゃ」

「おかあさーん」

考えてみれば、お子様が好きな具しか入っていないのである。

ともすれば子供向けに寄りすぎる具材を、パセリ代わりの人参葉が、ぐっと引き締めてオトナ可愛い路線に舵を切ってくれていた。

「もともとは、生ハム用のレシピだったんだけどな。これなら、ローストビーフなんかでもいけるかもな」

それはそれで、面白いかもしれない。五歳児が十歳児に成長するだろう。

すっきり和風、ほっこり洋風と、タイプの違うお寿司を楽しんで、お吸い物でちょっと体を温めて、ずっと笑って、気持ちのいい食事だった。

だから思わなかった。

葉二があらためて、こんなことを言うなんて。

「良かったな。本気でよくがんばったな、まもり」

彼は本当に真摯な目をしていて、こちらをねぎらってくれるから。

こんな優しすぎるタイミングで、それを言うのはずるいよ。葉二さん――。

「わたし……」

急に色々な気持ちがこみ上げてきてしまって、がまんができなくて、まもりはうつむいた。

「わ、わたし、絶対決まるまでは、葉二さんの前で泣いたりしないって、決めてて」

「そうか。もう決まったんだぞ」

「あ――」

でも、もうダメだった。もはや公約は意味をなさず、まもりは泣いた。ぼたぼたと涙をこぼし、しゃくりあげるぐらいに、大泣きをしてしまったのだった。

エピローグ　And she returns to the east.

かくして数ヶ月にわたる神戸滞在を終え、まもりは東京へ戻ることとなった。

日曜日のJR新大阪駅。時刻は午前十一時半。ホームドアの向こうには、まもりがこれから乗り込む新幹線が、すでに到着済みだった。

「……いやはや。まさかこんなに長引くとは……」

まもりはしみじみぼやいた。ここに来た時は、長袖の上にコートまで着ていたのに、いまやすっかり半袖だ。

衣替えで着なくなった冬服その他は、もはやキャリーケースに入りきらなくなったので、宅配便で送り済みである。

「一勝何十敗だ？　おい」

「たぶん、三桁には行ってないはずですよ」

葉二の問いに、まもりは半分本気で答える。

本日の彼は、わざわざ新幹線の入場券まで買って、ホームまで見送りに来てくれた。今さら過保護だなんだと、言う気にもなれなかった。しばらく作れなくなるからと、お弁当まで作って持たせてくれた、その気持ちを大事に持って帰ろうと思う。

確かに葉二が言う通り、落とされた会社は数知れず。それでも勝った一があるから、今があると言えた。

「それじゃあわたし、そろそろ行こうと思います」

「おう。弁当は中で食えよ」

「楽しみにしてます」

それは本当に。朝のうちに車麩（くるまぶ）のカツを揚げていたのは、ちらりと見ていた。他はなんだろう。開けてみてからのお楽しみだ。

「ミッチーとかマロンとか、お世話お願いしちゃいますけど」

「いいから別に。何度も移動させる方が傷むだろ」

「そうなんですけど」

「どうせまた戻ってくるんだから。な？」

葉二は気楽そうに言う。

そうなると次は夏休みか、内定式だろうか。ちらりとこの先の予定を考えてみる。

実は予想外に長期化した就活のせいで、貯金の残高が危機的状況なので、補塡する方法も考えたいところである。

ともあれ、来年以降の進路を決めるための旅路は、ようやく終わりを迎えそうだった。

「ああ、そうだったまもり。ちょっとだけ手ぇ出せ」

「へ？」

「いや右じゃなくて左、左」

葉二に言われた通り、荷物を持ち替えて手を出したら、その薬指に、プラチナとダイヤの指輪がはまった。

手のひらを返して、指輪のケースも。

「内定取れたら、自分のものになるんだろ？」

大きなあたたかい手が、ケースと指輪ごと、まもりの左手を包み込んだ。こっそりこちらをのぞき込む目が、悪戯好きの少年のようだった。

あの時、彼に返していた婚約指輪だ。

──忘れていた、なんて言ったら、きっと怒られるに違いない。

でも、だからこそ心の底からびっくりしている自分がいて、そして嬉しくなれたのも確かだった。

まもりは内心泣きそうになりながら、ありがとうと礼を言った。

「わかりました。それじゃあわたしも、葉二さんにいいものをあげますね」

「は？　別にいらねえって何も」

「これをどうか」

そう言って、まもりは葉二に、金時豆の種袋を差し出した。

心なし、イケメンの目が点になっている気がする。

「梅雨が明けたら、蒔いておいてください。おいしいらしいので」

一礼して、今度こそまもりは新幹線に乗り込んだ。後ろで葉二が、引きつけを起こしたように爆笑している気がするが、まあいいだろう。

帰りは時間に余裕があるので、各駅停車の『こだま』にするかわりに、指定席を取ってみた。席について窓を見ると、ホームの葉二が手を振った。金時豆の種袋も一緒で、これならちゃんと蒔いてくれるかもしれない。

手を振り返す自分の指が、左の薬指だけきらきら光った。

楽しみにできる未来がある。それってきっと素敵だ。

そして、電車は東へと走り出した。

まもりと葉二のおいしいベランダ。クッキングレシピ8

じゃこと京野菜の和風ペペロンチーノ

材料（2人ぶん）

- パスタ……………………200g
- 壬生菜or水菜……………2束
- 九条ネギ…………………4本
- ちりめんじゃこ…………30g
- ニンニク…………………1かけ
- 昆布だし…………………小さじ1
- 柚子胡椒…………………小さじ1
- オリーブオイル…………大さじ3

1. 九条ネギは斜め切り、壬生菜はざく切りにし、ニンニクはみじん切りにする。
2. 鍋に塩（分量外）を入れた湯をわかし、パスタを表示より1分短く茹でる。
3. フライパンにオリーブオイルを入れ、じゃことニンニクが色づくまで弱火で炒める。
4. 九条ネギを加えて軽く炒め、昆布だし、②のゆで汁をお玉1杯ぶん入れて煮詰めた後、柚子胡椒を加える。
5. 壬生菜、②のパスタを加え、壬生菜がしんなりするまで軽く炒めてできあがり。

一口メモ

まもり：こつはオリーブオイルをけちらないこと……だそうです

葉二：そう。調味料だと思ってどばっといけ。少ないと焼きうどんになるぞ

カロリー……

自分が何食ってるか知るのも、自炊の強みだ

どうぞなにとぞ召し上がれー

あとがき

どうもこんにちは。『おいしいベランダ。』シリーズも、末広がりの八冊目です。

今回のサブタイトルは、まもりが新大阪駅から神戸へ向かう時に使う、列車のホームから取らせていただきました。これはまったくの偶然だったのですが、ちょうど8番線に乗り入れると判明し、「絶対サブタイに使おう」と思っていたのです。まもりにとっての、移動と変化を象徴する回となりました。

前回ダメ・オブ・ザ・イヤーを受賞した葉二は、言うことを言ってすっきりしたのか開き直ったのか、言動がかなりおめでたい人になってきております。一方でまもりは、就職活動の正念場です。一人でなんとかするしかない事態をどう乗り切るか、あるいは周囲がどう支えるかという物語にもなりました。新しい街、新しいベランダとともにお楽しみいただければと思います。

さて。そういうわけで、今回はやたらと人の移動が激しいです。

冒頭のつくばから後半の神戸まで、一応作者もロケハン目的で取材に行ってきました。ハーバーランドで一人観覧車を決め、三宮のファーマーズマーケットでうきうきしながら新玉ネギを買い込み、新大阪駅のお土産コーナーできんつばを買い、さあ帰ろうとしたところでトランクの鍵がぶっ壊れて開かないという悲劇にも遭いました。すわトランクの中で新玉ネギが腐るかと青ざめましたが、なんとか本体をこじ開けてブツを回収することだけは成功し、そうして焼いて食べた淡路島産新玉ネギは大変おいしゅうございました。みんな、安い南京錠には気をつけようね……。

関西式のすき焼きについては、関東育ちである作者の手に負えるか不安でしたが、担当さんが神戸出身の方のお家すき焼きに潜入してくださったり、実際に関西式のすき焼きを出している専門店に伺って、作り方や食べ方をいろいろ聞いてきたりしました。結論としては大まかな傾向はあるが、細かい部分は家庭によるということで、今回は羽田勇魚式ということでよろしくお願いいたします。西も東もすき焼きはうまいヨ！

それにしても『ベランダ。』の調べ物は、毎度変なものが多いな……。

次でまもりの大学生活も、終わりを迎えそうです。今回もこの読書が、皆様の『おいしい』時間になりますように。竹岡葉月でした。

取材協力

近江牛肉しゃぶしゃぶ・すき焼　株式会社　近江源氏

お便りはこちらまで

〒一〇二―八五八四
富士見L文庫編集部　気付
竹岡葉月（様）宛
おかざきおか（様）宛

富士見L文庫

おいしいベランダ。
8番線ホームのベンチとサイダー

竹岡葉月

2020年2月15日　初版発行
2023年9月5日　4版発行

発行者　山下直久
発　行　株式会社 KADOKAWA
〒102-8177　東京都千代田区富士見2-13-3
電話　0570-002-301（ナビダイヤル）

印刷所　株式会社 KADOKAWA
製本所　株式会社 KADOKAWA
装丁者　西村弘美

定価はカバーに表示してあります。
◆◇◇

●お問い合わせ
https://www.kadokawa.co.jp/（「お問い合わせ」へお進みください）
※内容によっては、お答えできない場合があります。
※サポートは日本国内のみとさせていただきます。
※Japanese text only

ISBN 978-4-04-072985-5 C0193

あやかし双子のお医者さん

著／椎名蓮月　イラスト／新井テル子

わたしが出会った双子の兄弟は、あやかしのお医者さんでした。

肝試しを境に居なくなってしまった弟を捜すため、速水莉莉は不思議な事件を解くという噂を頼ってある雑居ビルへやって来た。彼女を迎えたのは双子の兄弟。不機嫌な兄の桜木晴と、弟の嵐は陽気だけれど幽霊で……!?

【シリーズ既刊】1～8巻

富士見L文庫

後宮妃の管理人

著／しきみ 彰　イラスト／Izumi

後宮を守る相棒は、美しき（女装）夫――？
商家の娘、後宮の闇に挑む！

勅旨により急遽結婚と後宮仕えが決定した大手商家の娘・優蘭。お相手は年下の右丞相で美丈夫とくれば、嫁き遅れとしては申し訳なさしかない。しかし後宮で待ち受けていた美女が一言――「あなたの夫です」って!?

【シリーズ既刊】 1～2巻

富士見L文庫

紅霞後宮物語

著／雪村花菜　イラスト／桐矢 隆

これは、30歳過ぎで入宮することになった「型破り」な皇后の後宮物語

女性ながら最強の軍人として名を馳せていた小玉。だが、何の因果か、30歳を過ぎても独身だった彼女が皇后に選ばれ、女の嫉妬と欲望渦巻く後宮「紅霞宮」に入ることになり――!?　第二回ラノベ文芸賞金賞受賞作。

【シリーズ既刊】1～10巻【外伝】第零幕　1～4巻

富士見L文庫

恋テロ
真夜中に読みたい20人のトキメク物語

著／**天沢夏月、霧友正規、宮木あや子、**富士見L文庫編集部（編）

イラスト／alma

たくさんのトキメク恋つめ込みました！
今すぐ恋したくなる恋アンソロジー

幼馴染み、クラスメイト、先輩と後輩、上司と部下、恋人、夫婦——。人の数だけ、いろんな恋がある。でも、どの恋も、きっと私は知っている。人気作家の書き下ろし短編やコミックも入った、贅沢な20人の恋物語。

富士見L文庫